BOUÉES DE SAUVETAGE

PATRICK ISABELLE

Bouées
de sauvetage

roman

LEMÉAC • JEUNESSE

Ouvrage édité sous la direction
de Maxime Mongeon

Photographie de couverture : Alex Loughborough, Rager
Photography/Flickr/Getty Images

*Leméac Éditeur reconnaît l'aide financière du gouvernement du Canada
par l'entremise du Programme d'aide au développement de l'industrie de
l'édition (PADIÉ) pour ses activités d'édition et remercie le Conseil des
arts du Canada, la Société de développement des entreprises culturelles
du Québec (SODEC) et le Programme de crédit d'impôt pour l'édition de
livres du Québec (Gestion SODEC) du soutien accordé à son programme
de publication.*

ISBN 978-2-7609-4210-3

© Copyright Ottawa 2010 par Leméac Éditeur

4609, rue d'Iberville, 1er étage, Montréal (Québec) H2H 2L9
Dépôt légal – Bibliothèque et Archives nationales du Québec,
2010

Imprimé au Canada

Pour Agnès,
sans qui ce roman n'existerait pas.

*La mer me faisait encore peur, mais je n'avais plus
rien à craindre, puisqu'elle était devenue inévitable,
et je m'y habituerais probablement comme je m'étais
habitué à mes parents.*

Emmanuel Aquin
Désincarnations, Les éditions du Boréal, 2009.

Chapitre Un

Au large

Je suis invisible.

J'ai seulement onze ans, et je suis transparent.

C'est comme ça que je me sens.

J'ai un âge ingrat. L'âge où je ne suis plus un enfant aux yeux du monde, où je dois m'efforcer de raisonner et de comprendre les choses, *parce que je ne suis plus un bébé.* C'est également l'âge où je ne suis pas assez vieux pour m'occuper de moi-même, où mes parents savent mieux que moi ce qui est juste et bon. C'est déprimant. On dirait qu'ils n'arrivent pas à décider si je suis trop jeune ou trop vieux. Alors ils s'embrouillent et se contredisent, et moi, je suis mêlé, confus et frustré. Je suis prisonnier d'un entre-deux et ça me rend totalement impuissant. C'est comme si je n'existais pas.

Ce matin, lorsque je me suis assis à table, ma mère ne m'a pas regardé. Elle appliquait son mascara avec soin, entre deux gorgées de café, un petit miroir posé devant elle, et pas une seule fois elle n'a levé les yeux sur moi.

C'est comme ça tous les matins.

Parfois je me risque à lui parler, à lui poser une question, histoire de faire disparaître le silence. Mais sans succès.

D'autres fois, elle sursaute, comme si j'étais apparu de nulle part et, en avalant sa pilule, elle me répond franchement qu'on en reparlera plus tard, qu'elle n'a pas le temps. Je suis invisible et elle est sourde. Elle ne m'écoute pas.

Le soir, c'est du pareil au même. Elle file tout droit vers ses téléromans en me priant de faire ma part. Ce qui, dans son monde, veut dire de ramasser, de faire sa vaisselle et de lui *sacrer patience*. Je m'exécute la plupart du temps, parce qu'il n'y a rien d'autre à faire et que, de toute façon, elle refuse de me laisser sortir de la maison quand il fait noir dehors. L'hiver, c'est interminable, mais ça me fait du bien de savoir qu'au moins elle sait que j'habite avec elle. Des ordres, des restrictions, des punitions. Un chat aurait pu faire l'affaire. Mais je ne veux pas me plaindre. De toute manière, ça ne donnerait strictement rien : parce que j'ai onze ans et que je suis invisible. Du moins, aux yeux de ma mère.

Mon père, même s'il le voulait, ne pourrait pas me voir. Il n'est jamais là. Il voyage par affaires, qu'il dit. Je commence à penser qu'il a tout simplement quitté ma mère et qu'ils se refusent à me le dire. Quand il revient, j'ai à peine le temps de le saluer qu'il court d'une pièce à l'autre avant de s'enfermer dans sa chambre pour dormir. La migraine. Il faut que je comprenne et que je ne fasse pas de bruit afin de ne pas le déranger. Ça, c'est quand il n'est pas enfermé dans son bureau à travailler sur des trucs *que je ne pourrais pas comprendre*. C'est encore plus lourd à porter d'être transparent dans ces temps-là.

Ça pourrait être pire. Samuel, un gars de l'école, passe d'une maison à une autre chaque semaine, il doit toujours s'efforcer de se faire discret. D'une part parce que sa mère, si elle ne pleure pas, passe son temps à lui rappeler que son père est le pire salaud du monde. De l'autre parce que la nouvelle blonde de son père, si elle ne l'ignore pas complètement, s'amuse à lui dire à quel point sa mère est folle. Il a cependant l'avantage de recevoir plein de cadeaux de son père. Ça compense. Ça pourrait être pire. Avant, ses parents étaient bien trop occupés à s'engueuler pour le remarquer. Maintenant, ils le remarquent. Pour les mauvaises raisons, certes, mais ils le remarquent.

J'aimerais ça, des fois, m'en foutre autant que lui. Mais je ne peux pas, je ne suis pas capable. Je ne le laisse pas paraître. Je fais semblant de rien. Ça fonctionne. Par moments, je réussis même à y croire. Quand je rentre chez moi, je continue à m'en persuader, les soirées sont moins longues. Je fais semblant d'être heureux, d'avoir de grandes conversations avec ma mère, de lui parler de la tonne d'amis que j'ai à l'école, des mauvais coups qu'on fait à la prof. Je fais semblant qu'on s'amuse ensemble. La plupart du temps, je réalise ensuite que j'ai l'air con à rire tout seul dans la cuisine en remplissant le lave-vaisselle…

Je voudrais tellement être dans une autre vie, dans celle que je m'imagine avoir. Mais je suis pris ici, dans ma petite réalité avec ma vie plate et mes parents qui ne me voient pas. Ils sont tellement concentrés sur leurs vies que j'ai l'impression de faire partie des meubles.

J'ai décidé de tester encore une fois ma théorie. J'ai pris mon sac d'école sur mes genoux et j'ai sorti ma feuille d'études du cartable dans lequel je l'avais fourrée.

— La prof a dit qu'il faut que tu signes ma feuille d'études, m'man.

Je la lui ai tendue et elle l'a signée sans même vérifier que j'avais bien étudié. Même chose pour les devoirs, les bulletins. C'est tellement facile que je pourrais couler tous mes cours, je ne sais même pas si elle s'en rendrait compte.

Elle a refermé sa trousse de maquillage, m'a embrassé sans y croire et m'a souhaité une bonne journée en filant vers sa voiture. Après m'être assuré que l'auto avait bel et bien tourné le coin de la rue, après avoir attendu quelques minutes, au cas où elle serait revenue, où elle aurait oublié quelque chose, après avoir verrouillé la porte, j'ai soupiré. Je me suis enfin senti moi. Libre.

J'ai allumé la télévision de la cuisine et je me suis versé le restant du café dans une grosse tasse, en y ajoutant une tonne de sucre et de crème ; ça passe mieux, cette affaire-là, si on étouffe son vrai goût. J'ai tiré une des chaises de la salle à manger jusque dans la cuisine et j'y ai grimpé, histoire d'atteindre l'armoire au-dessus du frigo. De toutes les cachettes de ma mère, celle-là est sans doute la plus ridicule. J'ai agrippé le bol qu'elle a tenté de dissimuler derrière un vieux service à fondue et j'ai fouillé jusqu'au fond. J'ai réussi à trouver deux pièces de un dollar et trois de vingt-cinq sous. J'ai pris soin de laisser quelques dollars sur le dessus pour qu'elle ne s'aperçoive de rien et j'ai redissimulé le bol. Ni vu, ni connu. Le vol parfait. Depuis qu'elle s'est aperçue que je lui pique de l'argent, j'attends toujours quelques jours avant d'y retourner. Je fais plus attention aussi : j'essaie de remettre les pièces exactement comme je les ai trouvées. De toute manière, elle est persuadée que je ne sais pas où elle l'a recaché.

Je me sens mal, c'est sûr. Je n'ai pas l'étoffe d'un voleur, mais c'est plus fort que moi. C'est à cause de mon plan. J'ai besoin d'argent. Jusqu'à maintenant, il est infaillible, mais qui sait? Peut-être que ça prendra un peu plus de temps que prévu. Je garde mon objectif en tête tout en continuant de voler pauvrement mes parents. D'ici quelques mois, Alice et moi, nous en aurons suffisamment pour mettre notre plan à exécution. Je ne pouvais évidemment pas dire tout ça à mes parents lorsqu'ils m'ont surpris la première fois, je leur ai inventé une histoire bidon de bonbons et d'amis pauvres. Ils m'ont bêtement cru et d'ailleurs sévèrement jugé. La punition est de mise à la maison et parfois, comme je suis enfant unique, je crois que c'est pire. À trop vouloir que je ne sois pas gâté-pourri, ils ne me gâtent pas du tout. Enfant-roi, mon œil! C'est eux les monarques de la maison et ils me le font bien comprendre. Alors je me transforme en Robin des Bois et je les vole. Mal, sans doute, mais c'est le seul moyen d'atteindre mon objectif.

Mes cheveux ont décidé qu'ils refusaient toute collaboration, aujourd'hui. Il faudra sans doute que je les lave ce soir. Je tente tout de même d'en faire quelque chose de présentable. Je donnerais n'importe quoi pour avoir les mêmes cheveux que tout le monde, mais il a fallu que je naisse avec les pires cheveux de la terre. Après avoir ajusté mon trop grand pantalon en bas de ma taille, j'ai agrippé mon sac à dos et je sors de la maison et je pars vers l'enfer.

Je regrette aussitôt d'avoir mis un pantalon. La chaleur est étouffante. Le visage déjà humide de sueur, je marche vers le pire endroit qui soit, mon calvaire depuis que nous avons déménagé dans cette banlieue pourrie, il y a deux ans : mon école. Ma sixième année.

Je me console en me disant que l'année prochaine, ce sera fini. L'année prochaine, je change de vie, je change d'identité. On ne me traitera plus comme un enfant. J'aurai fini le primaire. J'aurai fini de me faire pousser dans les urinoirs. J'aurai fini de me faire traiter de tapette. Je ne marcherai plus dix minutes sous la pluie en essayant d'éviter la gang à Dandurand qui s'amuse à se jeter sur moi pour me lancer de la boue ou tout simplement *dans* la boue.

Si au moins je n'avais pas vu ce que j'ai vu, cette fois-là, peut-être qu'il me laisserait tranquille. On dirait que c'est pire maintenant... Des fois j'ai envie d'aller voir le directeur et de tout lui dire. Ça ne ferait qu'empirer les choses. Jusqu'à présent, je n'en ai parlé à personne. Je le garde pour moi. C'est bizarre de garder le secret de son bourreau, mais ça me mettrait mal à l'aise de le dévoiler. Je préfère me dire que ce n'est jamais arrivé.

Rendu à l'école, Alice sera là à m'attendre. C'est ma plus grande consolation, parce que, sans elle, je n'aurais pas vraiment envie de reprendre cette promenade tous les matins. J'ai quelques amis, évidemment, mais pas autant que je voudrais, ni nécessairement ceux que je voudrais.

À l'école, rien ne change vraiment. On ne me voit pas. À part Dandurand qui réussit à me voir à des kilomètres à la ronde, depuis ce jour-là. Et Alice aussi. Quand je suis avec elle, les gens n'ont pas d'autre choix que de me remarquer. C'est sûrement la fille la plus cool de l'école. À côté d'elle, je ne suis rien.

L'année prochaine, je serai libre d'être qui je veux.

Un an.

C'est tellement loin.

Pour l'instant, je traîne la patte en espérant qu'ils ne s'apercevront pas que je suis derrière eux. Ce serait la honte de me faire battre par Dandurand et sa bande dès ma première semaine d'école. Je prends mon temps. Tant pis si je suis en retard.

Je me concentre sur l'an prochain et sur les quelques sous que j'ai en poche. Sur Alice. Et si jamais ils me voient, je le jure, je vais voir tout le monde et je leur balance tout ce que je sais sur Dandurand.

Je suis invisible. C'est mieux comme ça. Ça m'arrange. Je ne peux rien y faire de toute façon.

Chapitre Deux

À quai

Ma vie a pris un tournant radical quand j'avais neuf ans.

Jusque-là, le temps s'était étiré, avait tellement pris ses aises, que je n'avais jamais vraiment réalisé que je grandissais. Nous habitions en ville dans un logement paisible où j'avais un immense salon double uniquement pour moi. Je suis enfant unique, ça a ses avantages, autant que ses désavantages. Je ne me suis jamais plaint. Je connaissais tous les voisins. Mes amis et moi nous réunissions tous les jours après l'école dans le parc, à côté de chez nous. Le quartier n'avait plus de secrets pour moi, je connaissais tous les recoins, toutes les ruelles, toutes les rues dangereuses dans lesquelles je n'avais pas le droit de m'aventurer.

À deux blocs de chez moi vivait Marc qui avait le même âge que moi. Nous étions inséparables. Ma mère nous appelait « les deux terreurs de la ruelle », ce qui n'était pas faux en soi. Plus grand et plus gros que moi, Marc ne s'en laissait jamais imposer, ce qui m'avait valu un certain respect de la part des autres enfants du coin. Nous marchions ensemble tous les matins pour aller à nos cours et on s'attendait toujours à la fin de la journée. À l'école, on régnait sur la cour, tout le monde nous connaissait. C'était mon meilleur ami.

On s'envoie des courriels des fois.

Rarement.

Durant ma troisième année, mon père s'est vu offrir un nouveau poste, un poste de représentant sur la route pour une grosse compagnie quelconque. Ma mère s'est alors mis en tête d'avoir la maison dont elle avait toujours rêvé… en banlieue. *Et ce sera un environnement beaucoup plus sain pour Victor!* J'ai donc dû abandonner ma vie. J'ai tout emballé dans des boîtes, j'ai dénudé mes murs, enfermé mes livres, mes jouets, mes disques. J'ai dû dire adieu à mes amis, à mon école, à mon quartier. On m'a obligé à dire adieu à Marc, mon ami, mon frère. Il régnerait désormais seul sur la cour d'école. Sans moi. C'était dur à imaginer, une vie sans Marc, dans une ville inconnue.

Lorsque nous avons emménagé dans la maison, j'ai cru que ma vie allait continuer comme avant. N'ayant pas encore réalisé ce que tout cela pouvait signifier, je ne me suis posé aucune question et je me suis contenté de suivre. J'ai passé cet été-là dehors, à aider mon père avec le terrain, les rénovations. J'ai repeint la clôture pendant que mes parents travaillaient, prenant une pause de temps à autre pour sauter dans la piscine, malgré l'interdiction formelle de ma mère. J'étais satisfait de mon boulot, de la nouvelle maison dans laquelle j'avais une petite chambre formidable au sous-sol.

Sont arrivés les fameux papiers, ceux-là mêmes qui m'ont frappé en plein visage, comme un coup de poing, comme un réveille-matin qui hurle à tue-tête aux petites heures du matin alors que le soleil ne s'est même pas encore pointé. Dans une grande enveloppe jaune adressée à mon nom étaient enfermées les instructions pour la rentrée scolaire.

Pas un instant je n'avais pensé que j'entrerais dans un nouvel établissement sans y connaître la moindre personne. Il ne m'était pas venu à l'esprit que je devrais affronter des tas d'enfants inconnus parmi lesquels il faudrait que j'essaie de me trouver des amis, ne serait-ce qu'un, chose que je n'avais jamais eue à faire jusque-là.

Je me suis rongé les ongles, plus que d'habitude, pendant les deux semaines qui me séparaient de la rentrée. Je n'avais plus faim, j'avais de la misère à m'endormir le soir tellement j'appréhendais le jour maudit où je sortirais de chez moi pour entamer la marche qui me mènerait dans ma nouvelle école. Je ne savais pas où j'irais, qui j'y verrais. Tout ce que je savais, c'est que personne ne m'y accompagnerait et que, par-dessus tout, j'aurais préféré m'enfoncer six pieds sous terre que d'avoir à vivre cette journée.

Le jour venu, je me suis retrouvé devant la dame qui portait l'insigne de mon groupe, avec pour seule compagne une petite fille noire. Sa présence me soulagea un peu. Croyant qu'elle était nouvelle aussi, je me sentais moins seul. Je ne me suis aperçu que plus tard qu'elle était là parce qu'elle n'avait aucun ami dans cette école… C'est une sensation terrible de se sentir seul parmi une foule d'enfants de son âge. Les sourires et les commentaires positifs de mon nouveau professeur me calmèrent un peu, mais je voyais tous mes camarades de classe rassemblés devant moi, riant de bon cœur, se racontant leur été, et pour la première fois de ma vie, je me suis senti rejeté. À des kilomètres de là, Marc devait faire son entrée dans mon ancienne cour d'école. Juste d'y penser augmentait la frustration que j'avais déjà d'être là. J'ai essayé de garder la tête haute, mais les deux premières journées furent pénibles.

Étant soudainement devenu extrêmement gêné, je n'avais pas le courage d'adresser la parole à qui que ce soit. C'était intimidant et j'avais l'impression que j'aurais l'air ridicule de m'avancer vers quelqu'un pour lui dire…

pour lui dire quoi au juste ? Je n'avais rien à raconter. *Veux-tu être mon ami* ? Ça ne se fait pas. Alors, j'ai erré dans la cour pendant les récréations, regardant autour de moi, essayant de trouver une âme aussi seule que moi. Sans succès. Même la petite fille noire, Chloé, semblait avoir disparu de l'école pendant nos pauses. Je n'ai pas osé, non plus, m'asseoir dans un coin pour lire, cela m'aurait étiqueté.

Deux longues journées.

Le troisième jour, alors que je prenais place au bureau qu'on m'avait assigné, Julie, notre enseignante, se mit à distribuer les copies corrigées de la dictée qu'elle nous avait lue la veille. J'attendais avec impatience ma copie, mais je ne la reçus pas. Tout le monde autour de moi comparait ses notes, certains déçus, d'autres plutôt contents, et moi, je sentais mon cœur battre à tout rompre dans ma poitrine. Je ne voulais pas me lever et lui réclamer. Alors je restai assis à fixer mon pupitre, en espérant que personne ne remarquerait que j'avais été délaissé.

Puis Julie se planta devant la classe, tout sourire.

— Il y a deux personnes qui n'ont pas reçu leur dictée corrigée. Levez votre main.

Je me suis senti rougir. Le visage bouillant, je me suis mis à suer de partout. La classe a semblé s'écrouler devant mes yeux. Tous les visages se sont tournés dans ma direction et ma respiration s'est arrêtée. Julie était toujours devant nous, son grand sourire blanc élargissant son visage. À mes côtés, ses longs cheveux bruns cachant son visage, une fille avait la main bien haut dans les airs. Je l'avais déjà remarquée auparavant parce que ses vêtements semblaient plus vieux et plus grands que les miens. Elle n'était pas très jolie mais semblait si confiante, si sûre d'elle-même, si fière de ne pas avoir reçu sa copie. Elle s'est retournée vers moi, désignant mes mains vides de son menton, les yeux grands ouverts, en me dévoilant un début de sourire. *Lève ta main!*

Mon bras s'est élancé dans les airs instantanément.

— Victor. Alice. Vous êtes les deux seuls à n'avoir eu aucune faute dans la dictée! Félicitations.

Pendant qu'Alice baissait sa main, heureuse de son résultat, moi j'évitais les regards des autres qui me dévisageaient. Je n'ai jamais compris pourquoi notre prof avait fait cela. Mais je savais désormais qu'Alice et moi, on était dans le même bateau. Seulement, elle, ça ne semblait pas lui déplaire de briller par son intelligence. Moi, je l'ai regretté dès que la cloche du midi a retenti.

Le bruit assourdissant que mon crâne a fait en s'écrasant contre les casiers a résonné jusque dans mes chevilles. *Tasse-toi, le nerd!*

J'ai essayé de m'en aller plus loin, mais je me suis fait repousser par un autre garçon. J'ai senti une boule se créer dans ma gorge, puis Alice a semblé sortir de nulle part et s'est interposée.

— Aye! Dandurand! Écœure pas le monde, O.K.?

Elle l'a défié du regard. En quelques secondes, elle est devenue plus grande, plus menaçante. Elle a fait un pas vers lui. Il a semblé prendre peur et est parti rejoindre ses amis plus loin. Je les ai entendus rire, mais le petit visage d'Alice m'observait, invitant.

— Es-tu correct?

— Oui, oui. Merci, lui ai-je dit en me frottant la tête.

— Inquiète-toi pas pour lui, il a eu la pire note de la classe, je l'ai vu sur sa copie. Il est juste frustré parce que, nous, on n'a pas de devoirs. Victor, c'est ça? Moi, c'est Alice.

Elle a souri puis elle est sortie de l'école avec moi.

— Veux-tu venir manger chez nous?

Je n'ai même pas hésité.

Elle a pris ma main et s'est mise à courir. Je l'ai suivie à toute allure, oubliant Dandurand, oubliant les deux dernières journées. J'étais simplement soulagé qu'on me parle enfin, qu'on me remarque, même si ça signifiait que mon statut de premier de classe devait être dévoilé au grand jour.

— Moi aussi, j'étais nouvelle l'année passée, je sais c'est quoi. Tu vas voir, la plupart du monde est ben cool ici. Il faut juste pas que tu te laisses marcher dessus.

J'ai immédiatement été impressionné par Alice. Non seulement parce qu'à mon ancienne école je n'avais pas vraiment d'amies filles, mais parce que, avec Alice, c'était tellement différent. Elle était intelligente, bonne à l'école, sportive et drôle. Elle s'habillait toujours un peu bizarre aussi. Elle s'en foutait éperdument. En fait, elle se foutait de tout et n'avait peur de rien, ni de personne.

Depuis ce jour-là, Alice et moi sommes amis. Elle aussi habitait juste à côté de l'école, alors on restait toujours à traîner dans la cour une fois que tout le monde était parti. Je lui racontais plein de mensonges sur ma vie, et je crois bien qu'elle m'en racontait aussi. Mais c'était juste bien d'avoir quelqu'un à qui parler. Ce n'était pas Marc, c'est sûr, mais elle me rapprochait des autres et, le plus naturellement du monde, je me faisais plein de nouveaux amis, même si, des fois, j'avais l'impression qu'ils ne me parlaient que pour être avec elle.

On ne s'est jamais lâchés.

Ça fait deux ans que je connais Alice et ça fait deux ans que c'est ma meilleure amie, ça fait deux ans que j'ai l'impression de l'avoir toujours connue. Nous sommes encore dans la même classe cette année. Je suis plutôt soulagé parce que j'avais peur de tomber dans le groupe de Dandurand et, avec ce que j'ai vu au début de l'année, je n'avais pas envie d'être en sa présence plus qu'il ne fallait. Déjà que, chaque fois que je le croise, il me dévisage. Il sait que je sais. Et ça me fait peur plus que je ne le laisse paraître. Peut-être devrais-je en parler à quelqu'un? Alice serait sans doute de bonne écoute et pourrait me conseiller, mais, chaque fois que le moment propice se présente, nous révisons notre plan et mettons à jour nos économies.

Elle a quand même changé, Alice. Elle porte du linge à sa taille maintenant, même que, des fois, on dirait que ses chandails sont trop petits pour elle. Mais elle s'en fout toujours autant. Elle me fait rire. Cette année, notre enseignante, Lucie, nous a autorisés à nous asseoir où nous voulions dans la classe. Évidemment, Alice et moi, nous sommes l'un à côté de l'autre. En quelques jours, on s'est déjà fait avertir au moins dix fois d'arrêter de parler. C'est plus fort que nous. C'est drôle, l'école avec Alice. C'est drôle, la vie avec Alice.

C'est la meilleure chose qui me soit arrivée.

Chapitre Trois

Apnée

Je suis hypnotisé. Jamais de ma vie je n'ai vu quelque chose de semblable. Je ne comprends pas encore tout à fait ce que je vois, mais moi aussi je veux le faire. Ça ne peut qu'être mal puisque nous sommes tous cachés, assis en rond, derrière l'école. Je suis excité en même temps. Je me sens à ma place. Je suis quelqu'un.

Je ne peux pas détacher mes yeux d'Alice et de Jérémy, assis devant nous. Leurs deux visages sont fusionnés l'un contre l'autre. Ils ne s'embrassent pas. Ils ont la bouche grande ouverte et font rouler leur langue dans la bouche de l'autre, créant des bosses qui déforment leurs joues. J'ai l'impression qu'ils essaient de l'enfoncer toujours plus profondément. J'essaie de détourner mon regard. Rien à faire. D'ailleurs, tout le monde les regarde. Contrairement à moi, ils ont l'air d'y prendre goût, comme s'ils regardaient le meilleur film de leur vie. Aucune gêne ne paraît sur leur visage. Pour eux, la scène qui se déroule devant nous est normale. Je ne sais pas si elle est normale, mais elle est bien réelle et elle me donne le vertige. J'ai chaud.

J'envie Jérémy. Je voudrais y goûter aussi, à Alice, mais jusqu'à aujourd'hui, je n'avais aucune idée qu'elle pouvait faire ça. Qu'est-ce qu'elle essaie de prouver à le faire devant tout le monde?

Alice, les mains dans celles de Jérémy, ouvre un œil et me regarde, comme si elle essayait de s'assurer que je la vois. Je la vois! Et je commence à me sentir mal. Puis Jérémy détache sa main et la glisse vers le chandail de mon amie. À peine a-t-il le temps d'effleurer sa poitrine qu'elle se retire rapidement en le repoussant.

— Qu'est-ce que tu penses que tu fais, là?

Jérémy se fige. Il nous regarde, complètement déstabilisé. Son visage devient tout rouge et Samuel à côté de moi se met à rire, suivi de pas mal tout le monde. Je ne ris pas, moi, je regarde Alice qui est complètement à l'envers, choquée, son visage grimace de dégoût, comme si elle allait vomir. Elle se lève d'un bond. Jérémy se met à rire aussi. Il affiche une allure totalement satisfaite.

Je déteste Jérémy.

— Viens-t'en, Victor!

J'ai à peine le temps de réaliser qu'elle s'adresse à moi, elle saisit mon bras et m'entraîne. Je la suis, sans rien dire. Elle marche un peu plus vite que moi. L'impression qu'elle veut juste se sauver, s'en aller.

L'envie de la prendre dans mes bras, de lui caresser les cheveux pendant qu'elle pleure sur mon épaule. Je la consolerais, je lui dirais, moi, qu'il est con, Jérémy.

Ça n'arrivera pas. Non seulement n'ai-je pas le courage nécessaire pour le faire, mais elle n'en a pas besoin. Alice est forte, la fille la plus forte que je connaisse. De toute façon, Jérémy a peut-être les vêtements, l'apparence et la popularité pour se permettre d'insérer sa langue dans la bouche d'Alice, mais il n'aura jamais son amitié. Les privilèges que j'ai, personne d'autre ne les possède. Moi, je connais la vraie Alice.

En sortant de la cour d'école, nous croisons Dandurand. Alice, qui évidemment s'en balance, le tasse et continue son chemin. Je sens qu'il me lance des couteaux avec ses yeux. Il nous crie quelque chose que je ne saisis pas dans l'énervement. Alice m'entraîne. Dandurand me dévisage.

Je ne dis rien, je ne sais pas quoi dire. Alice s'arrête enfin et s'écroule derrière la boîte électrique qui est installée dans le parc. Je m'assois à côté d'elle en m'adossant sur le plastique brûlant. J'enlève la sueur de mon visage avec la manche trop longue de mon chandail en soupirant de soulagement. Un coup d'œil derrière notre cachette m'assure que personne ne nous a vus. Le parc est désert. Alice s'en fout complètement et fouille dans son sac. Elle en sort un étui à CD, l'ouvre et me montre ce qu'il contient.

— J'ai piqué ça à mon père, ça te tente-tu?

Je ne sais pas si je dois sourire, si je dois approuver. Si ma mère savait, si on se faisait prendre, il est clair que je n'aurais plus le droit de voir Alice. Mais j'en ai envie. Alice se mord la lèvre inférieure en souriant, les yeux brillants. Je hoche la tête et elle saisit la cigarette qui traîne dans le boîtier. On dirait qu'elle a déjà oublié l'épisode qui vient juste de se passer avec Jérémy, que c'est sans importance. C'est sûr que, en comparaison des autres filles de l'école, Alice n'a pas vraiment de seins… Peut-être qu'elle ne voulait juste pas qu'il le fasse devant les autres, ou devant moi. Du moins, elle fait comme si rien n'était arrivé, c'est toujours comme ça avec Alice.

Elle me tend la cigarette.

— Allume-la, toi.

Je mets la cigarette entre mes doigts. Bizarre. C'est léger et ça me fait tout drôle. Mes doigts tremblent un peu, mais j'essaie de les contrôler en portant le filtre à ma bouche. Ça chatouille à l'intérieur de moi, comme si j'étais sur le point d'embarquer dans une montagne russe. J'essaie d'accrocher le regard d'Alice qui craque une allumette qu'elle porte fébrilement jusqu'au bout de la cigarette. Je ne sais pas comment on doit faire. Je fais de la pression du bout des lèvres. L'extrémité de la cigarette devient noire et fait de la fumée, mais lorsqu'Alice lance l'allumette derrière elle, tout arrête et on se retrouve avec la même cigarette… éteinte et noircie.

— Faut que tu pompes !

Elle craque une nouvelle allumette et je m'accroche à la cigarette, toujours entre mes doigts. J'aspire un grand coup, comme je le ferais avec une paille.

Je sens la fumée s'insérer dans ma bouche. Je relâche, et instantanément, un nuage bleu s'échappe de mes lèvres. J'ai l'impression d'avoir avalé un paquet d'allumettes et je grimace. Alice trouve ça amusant. Elle me prend la cigarette.

— Faut que tu la respires aussi, Vic. Regarde, comme ça.

Elle la porte à ses lèvres, aspire puis ouvre grand la bouche. J'aperçois la fumée qui tente d'en sortir et qui, aussitôt, entre dans sa gorge. Elle attend quelques secondes et recrache le tout, satisfaite. Elle prend une autre bouffée et me remet l'objet fumant. Ça sent comme ma grand-mère, c'est drôle. J'imite Alice et je tire un grand coup. Je sens la fumée entrer dans ma gorge.

J'ai l'impression de respirer du sable.

Ça me pique la poitrine, comme si des millions d'aiguilles y avaient été enfoncées. Je suffoque. Je tousse le tout sans pouvoir faire quoi que ce soit. La fumée se répand partout autour de moi, ma toux est incontrôlable. Les larmes qui envahissent mes yeux m'empêchent de voir. Ça fait mal. Je cherche l'oxygène. J'étouffe. En m'appuyant sur mes genoux, j'engloutis des tonnes d'air pur. J'ai besoin de faire disparaître l'immense pression qui a envahi mes côtes. C'est insupportable.

Ça se calme.

Alice rit en me rassurant.

— Moi aussi, c'était comme ça la première fois.

Je ne sais pas si c'est la chaleur, le soleil, la course de tout à l'heure, la cigarette ou bien un mélange de tout cela, mais ça tourne autour de moi. Je suis étourdi, engourdi. Je me sens flotter, comme si tous les membres de mon corps ne m'appartenaient plus. Des papillons envahissent mon ventre et ça me fait rigoler. Je continue à fumer, et ça ne m'étouffe presque plus. Je me rassois près d'elle.

Je me demande ce que Marc ferait à ma place, si lui aussi il fume dans la ruelle avec ses nouveaux amis. Sûrement pas.

Je fume. C'est bizarre.

Une éternité.

Nous sommes là depuis une éternité et je ne voudrais surtout pas être ailleurs. C'est comme si une bulle nous avait entourés et que nous étions coupés du monde. Le temps s'est arrêté et le monde ne tourne que pour nous, le soleil nous inonde. Alice pose sa tête sur mon épaule, me remplissant de frissons, et les papillons de mon estomac volent dans tous les sens.

Je ne veux pas être amoureux d'elle. Ma grand-mère me dit tout le temps qu'à douze ans ce n'est pas de l'amour. C'est faux. Je le sais. Je suis plus mature qu'elle ne le croit, parce qu'il n'y a que l'amour qui peut me mettre dans cet état.

Je ne devrais même pas me trouver là, je suis censé être à la maison depuis une demi-heure maintenant, mais Alice et moi avons trouvé le mensonge parfait à raconter à ma mère. Je me sens mal de lui mentir ainsi. En même temps, ça me fait un peu de bien. C'est étrange comme sentiment, je ne sais pas trop comment me l'expliquer. D'une part, j'ai envie de plaire à mes parents, de ne pas les décevoir, d'être le garçon parfait qu'ils croient avoir. D'autre part, je ne me suis jamais senti aussi vivant avec qui que ce soit, aussi libre, aussi grand. Alice me voit et j'ai même l'impression qu'elle m'admire, des fois. Comment une chose qui me fait tellement de bien pourrait-elle être mal?

— Il va falloir trouver plus d'argent, me dit-elle.

Oui, mais où ? Elle ne semble pas se rendre compte que, si on veut vraiment faire ce que nous complotons, il nous en faudra beaucoup plus. Fuguer, c'est simple. On saute dans le premier autobus qui nous amène en ville et c'est fait, on est déjà loin. Survivre, c'est une autre paire de manches. Même si Marc nous accueille chez lui, sa mère connaît ma mère et, en un tournemain, notre plan tombe à l'eau. Il faut penser, prévoir, évaluer tous les problèmes qui peuvent se présenter et trouver les solutions pour les éviter. Partir, c'est gros. Je ne veux pas devenir un jeune de rue comme j'en ai vu des centaines du temps que je n'habitais pas ce trou pourri. Je veux juste un peu de liberté, du bon temps avec Alice. Un voyage à moyen terme, histoire de prouver à mes parents que je n'ai plus besoin d'eux.

Ça a commencé par une idée, une phrase toute simple lancée par Alice pendant l'été… *On devrait sacrer notre camp, ça leur donnerait une bonne leçon…* et ça m'a rongé pendant plusieurs jours. J'en ai tellement rêvé que c'est, dans ma tête, devenu possible. Alice a tout de suite embarqué, parce qu'elle embarque toujours dans mes projets sans queue ni tête. Depuis ce jour-là, on s'est mis à chercher de l'argent. Un plan irréel, mais réalisable. Avec ma détermination et la débrouillardise d'Alice, je sais qu'on peut y arriver. Il s'agit d'être patients.

Je suis moins étourdi. Les papillons qui avaient envahi mon estomac ont trouvé leur chemin vers ma gorge et la nausée est immense. Elle me donne le vertige. La sueur transperce mon chandail. Je regarde l'heure et je panique. Une éternité. Nous sommes là depuis une éternité.

Je me lève d'un bond, je perds l'équilibre. J'ai froid au visage et les frissons qui me traversent le dos ne sont pas dus à l'amour. Alice comprend que je dois partir et me tend mon sac à dos. Elle me serre dans ses bras, mais je veux juste partir. C'est la première fois qu'elle me serre dans ses bras… et je veux juste partir.

En chemin, les papillons démoniaques se sont affolés.

Je me suis accroupi derrière une boîte postale et j'ai vomi. J'ai dégueulé ma panique, ma honte, mon amour pour Alice… ma double identité.

J'ai surtout vomi les papillons causés par la cigarette. Plus jamais.

* * *

Je suis couché dans mon lit, dans le noir, et j'essaie de remettre en place les événements de la journée, emmitouflé dans mes couvertures. Tout a été si vite. Alice, son attitude, ses vêtements, Jérémy, le baiser, la cigarette, le soleil… Alice. Qu'est-ce que j'ai à me sentir comme ça?

Mon père est rentré de Calgary ce soir et je peux entendre mes parents rire, la télévision en sourdine. Ils regardent des émissions américaines, comme d'habitude, et je n'arrive pas à dormir… comme d'habitude. Je pense trop. Je voudrais qu'Alice soit là, avec moi, que ce soit nous qui regardions la télé en nous esclaffant. Nous pourrions parler ensemble. Je lui dirais ce que je sais sur Dandurand et elle me rassurerait. Je lui expliquerais jusque dans les moindres détails ce qui s'est passé. Elle poserait à nouveau sa tête sur mon épaule et nous serions bien. Au lieu de quoi, je suis seul dans la pénombre de ma chambre.

Ma mère ne s'est aperçue de rien quand je suis rentré. Elle m'a seulement grondé un peu, à cause de mon retard, mais j'ai écouté Alice et je suis allé aux toilettes me laver le visage et les mains. Je me suis même brossé les dents pour l'haleine. Au moment de me mettre à table devant mes parents, les papillons avaient complètement disparu et mon monde était redevenu le même. Mon père s'est informé de ma première semaine d'école. Ma mère lui a parlé de son travail et j'ai mangé en silence, m'effaçant le plus possible.

Ce n'était pas si mal après tout.

Peut-être que lundi je recommencerai.

CHAPITRE QUATRE

Déferlement

Je suis tellement vivant.

Vivant et coupable. Je suis coupable de faire ce qui me plaît, de désobéir aux lois sacro-saintes de ma mère, d'avoir trouvé en Alice la complice idéale. Elle est géniale, ma sixième année. Mon enfer s'est quelque peu transformé. Si ce n'était de Benoît Dandurand, je me croirais presque de retour en ville, roi de la cour d'école avec, cette fois-ci, une reine à mes côtés. Je sais que tant qu'Alice sera là, personne n'osera s'attaquer à moi, parce que tout le monde l'aime, tout le monde la respecte. J'ignore comment elle y arrive, ça semble naturel. Je ne m'en plains pas.

Le mois d'octobre tire à sa fin. L'air est rempli de l'odeur étourdissante du froid qui arrive, des feuilles mortes qui recouvrent les terrains humides, du bois qui brûle dans les foyers. Ma mère a eu l'obligeance de m'acheter un nouveau manteau, car celui de l'année passée était devenu tellement petit que j'arrivais à peine à l'attacher. Je l'aimais bien, jusqu'à ce que je voie ceux de mes amis, plus beaux, plus chers et plus à la mode que le mien. Mais depuis qu'Alice m'a dit qu'elle l'adorait, que son cousin plus vieux en avait un pareil, je le porte fièrement, en faisant comme Alice, en m'en foutant. Au diable les autres!

Le matin est bon. Je marche vers l'école, je prends mon temps, je savoure le soleil puisque je sais que, bientôt, il se fera rare. Les journées s'écourtent déjà. Les mains dans les poches de mon manteau, je m'accroche au paquet de cigarettes que j'ai volé à ma grand-mère. J'ai hâte de le montrer à Alice. En tournant le coin, je rencontre Chloé.

— Salut Chloé! Ça va?

Elle sursaute et me sourit.

— Ça va bien, merci.

Je marche avec elle, en silence. Je ne suis jamais complètement à l'aise avec Chloé, j'ignore pourquoi. L'image de ma première journée d'école ici me revient toujours en tête, l'image de Chloé seule dans la cour d'école, sans ami, triste. L'image de moi, aussi seul qu'elle. La différence est que j'ai trouvé un groupe, des amis, Alice, et qu'elle... est toujours dans la même situation. Le malaise vient sans doute de là, du fait que j'ai senti aussi le même désespoir, le même vide. Nous sommes connectés, sans le savoir. Ça me rend triste. Alors je marche avec elle pour aller à l'école.

Merde.

Dandurand est devant nous avec deux de ses amis. Ils s'amusent à démolir une citrouille. J'essaie de ralentir le pas, mais Chloé continue sans moi. Avec un peu de chance, ils ne me verront pas. Avec un peu de chance, ils seront trop absorbés par leur courge pour se rendre compte que je passe à côté d'eux. Je rejoins Chloé en pressant le pas. Ils sont de l'autre côté de la rue, c'est bon. En marchant vite, peut-être réussirai-je à atteindre la cour d'école avant qu'ils ne s'aperçoivent que je viens de leur filer entre les doigts.

Chloé me lance un regard de côté. Je crois qu'elle comprend, qu'elle aussi est victime de Dandurand, qu'elle n'a pas plus envie que moi de croiser leur route. Pour moi, c'est pire. Avec ce que j'ai vu cet été, si Dandurand me croise, il ne me lâchera pas. Jusqu'ici j'ai réussi à l'éviter presque à tous les coups, donc je ne m'en sors pas si mal. Je sais cependant que ça ne durera pas éternellement et qu'il voudra s'assurer, en entraînant ses amis avec lui, que je continuerai de me taire.

Je m'accroche à mon sac à dos et accélère, Chloé à mes côtés, galopant au même rythme que moi. Arrivé à leur hauteur, j'arrête de respirer, j'allège le pas, je deviens invisible. On les dépasse et mes pieds marchent de plus en plus vite, mes mollets me font mal, mais je ne m'en préoccupe pas. J'ai chaud. Je sue. Chloé respire fort.

— Hey, Victor ! Tu te tiens avec des négresses, asteure ?

Merde.

Chloé s'arrête net et se retourne, les larmes aux yeux, mais droite, forte, la tête haute, elle fixe Dandurand, le regard en feu. Elle lui réplique :

— Comment tu m'as appelée ?

Dandurand se dirige vers nous, ses deux amis à ses côtés, à une vitesse effrayante. Il regarde un des gars et lui dit quelque chose d'insaisissable, mais d'assurément méchant, car ils laissent échapper un grand rire, un rire gras et mesquin qui n'annonce rien de bon. En ce moment, je donnerais n'importe quoi pour avoir Marc à mes côtés. Des gars comme Dandurand n'auraient jamais osé s'en prendre à moi avec Marc à mes côtés.

— Laisse faire, Chloé, viens-t'en !

Je la tire par le manteau, mais elle se défait de mon étreinte et s'avance. Elle les confronte. Oui, c'est méchant. Oui, c'est dégueulasse. Mais c'est Dandurand, ça ne sert à rien de s'y opposer, il continuera de toute manière.

Merde.

J'ai envie de la laisser seule, de partir en courant, mais mon corps refuse de bouger, hypnotisé par les trois silhouettes qui s'approchent de nous. Benoît Dandurand arrive à la hauteur de Chloé, mais il ne la regarde même pas. Ses yeux sont fixés sur moi.

Je le savais. Chloé s'interpose devant le gars à sa droite, mais il rit et la pousse violemment. Elle se retrouve par terre, sa tête heurte le sol. J'ai envie de faire quelque chose, mais Dandurand arrive devant moi, je perds mes moyens.

— Ouais… c'est un beau manteau que t'as là, mon Victor !

Je recule d'un pas, mais je suis arrêté net par son ami qui s'est glissé derrière moi. Il tire sur mon sac à dos et me prend en otage.

— Lâche-moi, gros con !

C'est sorti tout seul. Dandurand m'envoie un coup de pied dans le tibia, je perds pied, ça fait mal, mais son ami me garde debout. Je retiens les larmes, je combats la peur, j'essaie de soutenir son regard noir.

— T'as pas d'affaire à traiter mes amis de gros con, toi.

— T'as pas d'affaire à traiter Chloé de…

Avant que j'aie pu terminer ma phrase, il enfonce son poing dans mon ventre. Mon intérieur se broie, la douleur est insupportable, inconnue. Son ami lâche prise et je tombe instantanément par terre. J'entends Chloé qui crie derrière eux, mais je n'y vois rien, mes yeux sont remplis d'eau et je tousse, j'étouffe. J'essaie de m'enfuir, mais ça me fait trop mal, ça m'immobilise. L'un d'eux saisit mon sac, répand son contenu sur l'asphalte et se met à piétiner mes cahiers. Dandurand envoie valser mon lunch de l'autre côté de la rue. Je réussis à me lever, mais j'ai à peine le temps d'entamer ma course que je sens des mains me clouer au sol sur le terrain avoisinant. Le cri qui essaie de sortir de ma bouche se transforme en gémissement, j'ai de la misère à respirer. On me retient face contre terre par la nuque. *Lâchez-moi!*

Un autre coup dans le ventre, plus dur, plus fort, plus violent. Cette fois, je crie, ça sort tout seul, je ne me contrôle même plus. Je crois que j'entends Chloé pleurer derrière moi, je ne sais plus, je suis aveuglé par les feuilles mortes, mouillées, qu'on me lance au visage, qu'on me force à avaler. J'étouffe. Je me débats. Rien à faire. Je suis pris au piège. Je ne panique même plus. Je suis juste impuissant, sale. Le goût des feuilles, de la terre dans ma bouche me lève le cœur. Je ferme les yeux. On me gave de force. Des rires. Des cris. Puis une voix semblant sortir de nulle part.

— Qu'est-ce que vous faites là, vous autres? Lâchez-le!

Une voix inconnue. Une femme.

Je suis libéré.

Le poids qui pesait sur mon cou, sur mon dos, s'envole et j'entends des bruits de pas de course. Je reste allongé sur le gazon, sur le lit de feuilles mortes, je crache ce qu'ils ont réussi à m'enfoncer dans la bouche. Je me redresse et je vois une dame en robe de chambre courir vers moi.

— Es-tu correct, mon grand ?

Je hoche la tête. Je ne peux pas parler. J'ai une boule immense qui bloque ma gorge. J'ai envie de pleurer, mais je suis trop ébranlé, aveuglé par le soleil, par la douleur. Chloé ramasse le contenu de mon sac dans la rue en sanglotant pendant que la gentille femme m'aide à m'asseoir, me frotte le dos.

— Ben, voyons donc, ça a pas d'allure ! Veux-tu que j'appelle ta mère ?

Je lui fais signe que non en retenant les larmes, en enlevant la saleté de sur mon manteau, mon beau manteau neuf qui est maintenant taché de vert, de brun. Mon visage se contracte et Chloé me tend mon sac à dos. Je le saisis.

Je lui dis que ça va aller, sans trop y croire.

Mes cuisses piquent, brûlent. Je me suis pissé dessus. Je me sens humilié, honteux. Je me sens sale. Lâche. Je n'ose pas regarder Chloé, je n'ose pas regarder la dame qui m'a sauvé sans s'en rendre compte. Je veux juste être loin.

— Tu saignes du nez, mon grand. Attends-moi ici, je vais aller te chercher quelque chose pour t'essuyer.

La femme file vers sa maison. Au moins, j'ai atterri sur un bon terrain. Chloé, accroupie devant moi, reste silencieuse. Il n'y a rien à dire de toute manière. C'est dégueulasse.

Je réussis à me lever, j'enfile mon sac à dos et je pars. Je veux m'en aller loin, aller chez moi, dormir, oublier. Je laisse Chloé derrière moi qui me crie de ne pas partir. Je cours, souillé par mon urine, par la saleté qu'ils m'ont collée à la peau, par le sang qui s'écoule de mon nez, par le sang qui se mêle à ma morve, à ma sueur, qui me donne envie de vomir.

* * *

Les maisons défilent devant moi, embrouillées par les larmes qui se sont infiltrées dans mes yeux. Mes jambes connaissent le chemin du retour, courent à toute allure. Je ne pense à rien, à tout en même temps. Si mon esprit pouvait s'en aller, il irait dans tous les sens, il me donne le vertige. Je croise Daphné, une fille de ma classe qui habite près de chez moi. Elle me dévisage et me crie quelque chose que j'ignore. Je ne veux pas la voir, je ne veux voir personne. Surtout pas elle. Quelle honte. C'est la plus belle fille de la classe et elle m'a vu dans cet état-là. Je me déteste.

Je referme la porte de ma maison et je m'écroule par terre, à bout de souffle. Je n'ai même pas la force de pleurer. Je suis frustré. Je suis en colère contre moi, en colère de ne pas avoir eu le courage de réagir à temps, de m'être laissé faire. J'en veux à Chloé de les avoir provoqués. J'en veux à mes parents de m'avoir fait déménager ici. Je m'en veux.

* * *

Allongé dans le bain, j'entends le téléphone qui sonne sans arrêt. C'est sûrement l'école. Ou ma mère qui a été appelée par l'école. C'est peut-être un faux numéro. C'est peut-être rien. Je m'en fous. Je n'irai pas à l'école, je ne veux pas y retourner. Pas maintenant, pas aujourd'hui.

Le son de l'eau qui coule et de la mousse qui frémit me réconforte. Je m'imprègne des odeurs de lavande, de savon, qui contrastent avec celles que je viens de laver de mon corps. Les yeux fermés, j'enfonce ma tête dans l'eau et je me laisse aller au silence apaisant du monde aquatique qui m'entoure. Je flotte et je suis bien. J'oublie. Je fais la paix avec mon intérieur, avec Chloé. J'arrête de revoir la scène, de revoir ce que j'aurais dû faire au lieu de ce qui a été. C'est passé. C'est fait. Je pense à Chloé et j'espère qu'elle va bien, qu'elle n'a pas mal à la tête, à l'âme. Ça doit être dur d'être noire. Ça doit être dur d'être rejeté autant que moi.

Les raisons qui poussent Dandurand à agir ainsi sont inexistantes, du moins pour moi. Je ne comprendrai jamais ce qui peut passer par la tête de quelqu'un pour être méchant à ce point. Violent. Je ne dirai jamais ce qui s'est produit, quoi qu'il arrive. Un peu par pitié pour lui. Un peu aussi parce que je sais que sa vengeance serait terrible, encore plus depuis qu'il m'en a donné un avant-goût aujourd'hui. Qu'il reste avec son maudit secret!

Je surgis de l'eau. J'entends le verrou de la porte d'entrée. Mon cœur arrête de battre pendant une fraction de seconde, je vois défiler des images de ma mère, de mon père qui font irruption dans la salle de bain pour m'engueuler. Je ne bouge plus, je ne respire plus. Peu importe qui est en train d'entrer chez nous, je ne veux pas qu'il sache que je suis là.

— Victor?

Grand-maman.

Soulagé que ça ne soit pas ma mère. Je lui réponds que je suis dans le bain, essayant de paraître de bonne humeur, essayant de ne pas penser à ce qui viendra, aux conséquences.

Elle apparaît dans le cadre de la porte, imposante, frêle, ses cheveux blancs, ses lunettes, son air réprobateur.

— Ton école m'a appelée. Tu t'es fait péter la gueule?

Aucun tact, ma grand-mère, mais elle le dit avec un tel entrain, avec un sourire. Je ne peux pas lui en vouloir. Ça ne l'impressionne pas, ces choses-là, elle en a vu bien d'autres. Tout cela semble naturel pour elle. Elle s'approche de la baignoire, accroche une serviette au passage et s'assoit sur le bol de toilette devant moi. Elle me tend les bras, me fait signe de sortir du bain, comme lorsque j'étais petit. Je baisse les yeux et je m'expose à elle. Soudainement conscient de ma nudité, je me rétracte, je tente de cacher mon pénis. Elle dépose la serviette autour de mes épaules et me sèche vigoureusement.

— Arrête donc, Victor, j'en ai vu d'autres, des bizounes, ça ne me fait pas peur.

Je souris. Elle se concentre, m'essuie furtivement, prend mon nez entre ses doigts, me forçant à jeter la tête par-derrière. Elle observe mon corps de A à Z, elle me tâtonne. Lorsqu'elle arrive à mon ventre, j'aspire l'air entre mes dents. Ça fait mal. Du bleu commence déjà à apparaître sur la peau autour de mon nombril. Elle ne semble pas s'en inquiéter. Elle entoure la serviette autour de ma taille et m'ordonne d'aller me mettre du linge propre sur le dos en me donnant une tape amicale sur les fesses.

Lorsque je sors de ma chambre, fraîchement habillé, grand-maman m'attend dans la cuisine. Une cigarette au coin des lèvres, elle frotte mon manteau avec une brosse et du savon. Elle lève la tête, me regarde de la tête aux pieds et me dit, en retournant à son frottage :

— Ben, tu vois, t'as rien de cassé, ça paraît même pas que tu t'es battu. Plus de peur que de mal. Viens t'asseoir, je t'ai préparé un café.

Je m'exécute. Je suis soulagé qu'elle soit là. Je suis mal à l'aise en même temps. Quel genre de petit-fils je fais ? J'ingère le liquide chaud. Il est bon, le café de ma grand-mère. Sucré. L'odeur de ma grand-mère a envahi la cuisine, l'odeur de son parfum et de la cigarette.

La cigarette.

Merde.

Je me rappelle du paquet que je lui ai volé, celui-là même que j'ai glissé dans la poche de mon manteau, manteau qu'elle est en train de frotter minutieusement. Mon cœur bondit dans ma poitrine. Je peux peut-être me sortir indemne de Dandurand, je doute que je puisse me sortir aussi facilement de ça.

La sonnette de la maison retentit. Je profite du fait que ma grand-mère va ouvrir pour fouiller dans les poches de mon manteau allongé sur la table. Rien. Le paquet ne s'y trouve pas. Il n'est d'ailleurs nulle part en vue. L'aurait-elle découvert ? Mon cœur fait trois tours, je panique.

J'ai à peine le temps de me rasseoir qu'Alice apparaît dans la cuisine. Je me lève d'un bond.

— Qu'est-ce que tu fais là ?

Mi-amusé, mi-agacé par sa présence, je me laisse étreindre.

— Es-tu correct ? Est-ce que ça va ? T'as pas l'air trop amoché.

— Non, ça va bien. J'avais juste pas le goût d'arriver à l'école tout sale.

Ma grand-mère me jette un regard moqueur et reprend sa place à table. J'évite son regard et offre du café à Alice. Elle le prend noir, mais vu l'expression de dégoût sur son visage, elle n'a pas l'habitude.

Elle s'empresse de me dire que Chloé était pas mal ébranlée. Elle a raconté à tout le monde que Dandurand ne m'avait pas manqué ! Que je saignais du nez aussi.

— T'aurais dû voir la face à Dandurand quand le directeur est venu le chercher dans la cour d'école… ça valait cher ! C'est le troisième avertissement qu'il a, il va être obligé de passer la journée de demain dans le bureau du directeur en plus de te faire ses excuses officielles. Il n'était pas content.

Je me suis fait un sandwich et j'ai dîné avec Alice sur le balcon de la maison. Je lui ai raconté l'histoire, en embellissant la plupart des passages. Je ne suis pas certain qu'elle ait tout cru, mais elle m'a juré qu'elle regarderait partout, en retournant à l'école, pour trouver le paquet volé. Je suis content qu'elle soit venue, content qu'elle se soit inquiétée.

— Pourquoi il t'haït tant que ça, Dandurand ? Qu'est-ce que tu y as fait ?

J'ai haussé les épaules. Il y a sans doute des tonnes de raisons, que je ne m'explique pas moi-même. Le fait que j'aie été le nouveau de l'école en quatrième année, que j'aie des bonnes notes et pas lui. Il m'a toujours écœuré, ce n'est pas nouveau. Mais depuis qu'il m'a remarqué en train d'observer la scène dont il faisait partie, je crois que c'est pire. Il est humilié et c'est moi qui en paie le prix. Mais ça, je ne le dirai pas à Alice. Parce qu'elle l'utiliserait contre lui, et ça se retournerait encore une fois contre moi.

Au moment de partir, Alice a fait quelque chose qu'elle n'avait jamais fait avant. Elle m'a embrassé sur la joue. Elle m'a embrassé et je l'ai regardée partir jusqu'à ce qu'elle tourne le coin de la rue. Savourant chaque seconde, chaque bouffée d'air frais, savourant le fait que je n'avais pas à aller à l'école, que je pouvais rester allongé sur le sofa, à somnoler toute la journée en regardant la télévision, à me faire dorloter par grand-maman, je suis resté là, la sensation des lèvres d'Alice imprégnée sur ma joue. Comme le dit ma grand-mère : C'est un mal pour un bien.

Chapitre Cinq

Embâcle

Ça sert à quoi Noël si on n'est pas heureux?
Nous ne sommes même pas pratiquants de
toute manière. La seule fois que j'ai mis
les pieds dans une église, c'était pour ma
première communion et, encore à ce jour, je
ne comprends pas pourquoi je l'ai faite. Pour
les cadeaux, sûrement. Pour que ma mère
puisse organiser une grande fête et montrer à
tous à quel point sa maison est belle et sa vie,
formidable. La famille est venue, m'a couvert
de présents et, aussitôt la cérémonie terminée,
ils ont sorti l'alcool et ont bu toute la journée,
comme si je n'existais pas. Ce sera pareil pour
Noël. Comme tous les autres Noël. Encore
une occasion ratée de se voir vraiment. Ils se
font accroire qu'ils s'aiment et que tout est
plus beau dans la maison de l'autre. Quand ils
rentreront chez eux, la vie redeviendra aussi
morne qu'avant. Nous ne nous reverrons que
quelques mois plus tard pour Pâques. Il n'y
a que ma grand-mère que je vois vraiment
dans ma famille, et c'est surtout parce qu'elle
habite à quelques pâtés de maisons de chez

nous. Je vais souvent la visiter. C'est elle qui m'a habitué à boire du café, qu'elle me fait de moins en moins sucré plus je vieillis.

C'est le pire Noël de ma vie.

Je trie les vêtements propres. Trois piles. Celle de ma mère est gigantesque. Je pourrais me perdre dedans. Une fois triés, je devrai les plier, soigneusement, comme ma mère me l'a montré, parce que sinon ça laisse des mauvais plis et elle doit tout recommencer. Je plie les serviettes, les débarbouillettes, les linges à vaisselle. Je plie les bas. Je plie la maisonnée au complet. C'est ma corvée, ma tâche, ma punition. Ce n'est pas tout. Après, je devrai laver la salle de bain, la salle de séjour puis la vaisselle, sans oublier de faire ma chambre et le lit de mes parents. Je jette un œil dehors et, si la tendance se maintient, je devrai également pelleter l'immense entrée pour que mon père puisse stationner ce soir. Des heures. Des heures de corvées. Des heures de malheur pendant que ma mère prépare ses tourtières en écoutant des chansons de Noël à tue-tête.

J'ai été naïf de croire qu'elle ne s'apercevrait pas qu'il manquait de l'argent. J'ai été stupide d'imaginer qu'elle ne compterait pas cette fois. J'ai été stupide de croire qu'elle ne sentirait pas l'odeur de cigarette sur mes vêtements. Évidemment, j'ai tout nié, mais mes parents ne sont pas aussi dupes que je le pensais. Et maintenant, en plus de ne pas recevoir d'argent de poche pour les prochaines semaines, en plus de ne pas pouvoir aller jouer au hockey avec Alice, en plus de mes devoirs et de mes travaux, je dois rembourser ma dette en effectuant toutes les taches ménagères de la maison. Bravo, les économies! Ce n'est pas demain la veille que je pourrai partir avec Alice. Je suis une Cendrillon sans marraine. Au lieu d'avoir une affreuse belle-mère, j'ai des parents qui me font sentir coupable et qui m'emprisonnent dans la maison le week-end, durant le jour, s'assurant que je ne puisse sortir que lorsqu'il fait noir. Ce qui est pire, parce que moi, contrairement aux autres enfants de ma classe, je ne peux pas aller jouer dehors quand il fait noir. C'est bien trop dangereux. Mon conte de fées est un cauchemar!

C'est le pire week-end de toute ma vie!

Le feu danse dans la cheminée…

Le feu, il est dans ma tête. Ça bouillonne et c'est désagréable. Je suis frustré, je suis déçu. Qu'est-ce que ça peut faire, quelques malheureux dollars? Tout ce que je voulais, c'est pouvoir aller au dépanneur pendant l'heure du lunch pour acheter des bonbons, les partager avec Alice.

— Elle est donc bien *heavy*, ta mère! m'a dit Alice.

Je sais. Mais tant et aussi longtemps que je ne serai pas majeur, c'est elle qui fera la loi dans la maison. Elle me le répète sans arrêt. C'est une blague. Ma vie est une mauvaise blague. Je n'ai plus huit ans, j'ai vieilli et elle refuse de le voir. Plus elle se bat contre moi, plus j'ai envie de faire le contraire de ce qu'elle dit. C'est un cercle vicieux.

Si au moins ma mère m'avait donné un grand frère au lieu de faire une fausse couche, ma vie serait moins dure. Alice a de la chance. Elle a beau chigner contre ses frère et sœur, elle n'a aucune idée de la veine qu'elle a de se voir accorder tous les privilèges que ses aînés ont forgés pour elle.

Il est né, le divin enfant…

Le panier à lessive, rempli de vêtements soigneusement pliés, à bout de bras, je traverse la cuisine d'un pas lourd et décidé, écoutant à peine le commentaire de ma mère. Je le dépose violemment sur le lit de mes parents et je retourne vers la laveuse. Une autre montagne de vêtements sales, une autre heure de gâchée. Si je continue à froncer ainsi les sourcils, ils finiront par rester pris comme ça. D'ailleurs, ça commence à faire mal. J'essaie de détendre mon visage, mais la colère remonte aussitôt. Mon esprit est furieux et mon corps n'a pas la force de combattre. Alors je me laisse faire. Ça me fait du bien. Puisque je ne peux pas tout détruire, je peux au moins me jouer le scénario dans ma tête. Ça défoule. Ça me fait du bien.

Le téléphone sonne.

C'est Alice qui demande si je veux aller passer l'après-midi chez elle. Elle vient de recevoir sa nouvelle console et veut que j'aille l'essayer. Je supplie, je fais pitié, je finirai tout ça ce soir, demain, je le jure, je suis rempli d'espoir et de bonnes intentions. Ma mère refuse catégoriquement et je marmonne mon mécontentement à Alice qui semble déçue. Pas autant que moi. Je raccroche.

C'est le pire samedi de toute ma vie.

Au moins, il me reste quelques jours d'école avant les vacances. Peut-être que ma mère oubliera après Noël.

Jingle Bell! Jingle Bell! Jingle Bell Rock!

Je prends une pause de corvées pour dîner. Je m'installe avec mon sandwich au bureau de mon père et j'en profite pour écrire à Marc sur Internet. Je veux que le monde entier sache que je suis en train de passer le pire temps des fêtes de la terre. Marc sera sans doute aussi outré que moi de la nouvelle folie de ma mère. Il me manque. Nous avons beau nous écrire de temps à autre, je ne l'ai revu qu'une seule fois depuis mon déménagement en banlieue. J'ai hâte qu'Alice et moi on se pousse, qu'on aille le rejoindre. Ça ne serait jamais arrivé, une chose comme ça, si j'habitais encore en ville. Ça ne serait jamais arrivé si mon père avait un travail normal. J'ai hâte qu'il revienne. Peut-être qu'il réussira à raisonner ma mère, qu'il comprendra qu'à mon âge j'ai besoin d'argent de poche, comme mes amis.

Oh! Quand j'entends chanter Noël.

Quand j'entends ma mère chanter ses chants de Noël, ça me met encore plus en colère. Non mais, de quel droit se permet-elle d'être aussi heureuse quand je suis pris pour faire son ménage à sa place? Tout cela est injuste.

Armé de mon vaporisateur, je m'attaque à la poussière du salon. J'efface toute trace de vie. Plus rien ne survivra au produit chimique que je répands partout. Je tue la colère à grands coups d'essuie-tout. Le sapin de Noël, dressé dans un coin, m'impose sa joie. Ses lumières vont dans tous les sens; c'est chaotique, c'est laid et c'est déprimant. Les petits lutins en guirlande rient de moi. Je peux presque entendre leurs petits rires sournois pendant qu'ils me fixent en train d'épousseter la télévision. J'ai envie de vaporiser l'arbre, de l'évaporer. Si mon regard était aussi puissant que dans mon autre vie, il aurait déjà pris feu. Je maudis ma mère et ses punitions. Je maudis son argent. Je blasphème intérieurement pour me venger de ma situation. J'ai été stupide, c'est vrai. Je devrais avoir droit à l'erreur. Je devrais avoir droit à une autre chance. Je devrais recommencer, juste pour lui prouver qu'elle ne m'atteint pas.

En filant sur la neige blanche, en ce beau jour de dimanche…

Le jour tombe déjà. J'enlève ma tuque, le froid ne m'effraie pas. Il neige. Trop. Si je regarde trop longtemps le même point dans le ciel, je réussis à me perdre, je réussis à perdre l'équilibre. La blancheur qui m'entoure est apaisante. Le silence est complet, je l'entends. Au loin, j'aperçois Daphné et sa sœur qui s'amusent dans la neige. Je n'ai jamais particulièrement aimé jouer dehors l'hiver, mais je donnerais n'importe quoi pour être avec elles. Pour être avec Daphné et lui prouver que je ne suis pas aussi misérable qu'elle peut le croire. La honte. J'essaie de l'éviter depuis qu'elle m'a vu dans un sale état cet automne. Je donnerais n'importe quoi pour qu'elle me trouve cool. Mais c'est sans issue.

C'est lourd ; la neige est collante. J'ai chaud et ça me donne froid. De toutes mes forces, j'envoie promener mes fardeaux sur le terrain, le plus vite possible, le plus loin possible, pour m'en débarrasser. Le défoulement par excellence. Je charge ma pelle et je balance le tout sur la cible inconnue que je me suis fixée. J'imagine que j'enterre Dandurand et son sale secret, sa face méchante pendant qu'il me casse la gueule. Je suis exténué, mais ça me fait du bien. Je termine ma besogne rapidement. Ce n'est qu'un brouillon de déblayage, il faudra que ça fasse. Après tout, je devrai sûrement tout recommencer demain matin si le ciel continue à tomber sur ma tête.

J'ai vu dans la nuit passer un traîneau…

La chaleur m'inonde et la gorge me brûle à chaque inspiration. Mon visage essaie de reprendre sa température normale. Mon corps dégèle. Une fourmilière sous ma peau s'active. Je suis trempé.

La maison est remplie de l'odeur des tourtières, l'odeur de la viande et de la sarriette. C'est la recette de mon arrière-grand-mère. D'habitude, j'assiste toujours ma mère dans ses recettes de Noël, c'est la tradition. Cette année, elle les fera toute seule, ses recettes ! Je n'ai pas envie d'être avec elle. Je lui en veux.

Je mets mes mitaines et mes bas sur le calorifère.

Le téléphone sonne.

La chaîne stéréo se tait pendant que je monte. Ma mère répond, courtoise, polie, heureuse. Je vois son visage se métamorphoser devant moi. La main qu'elle pose sur sa bouche tremble et ses yeux s'emplissent de larmes. C'est grave. Il s'agit de ma grand-mère. Elle raccroche, ébranlée, évite mon regard interrogateur, envoie son tablier couvert de farine sur la chaise la plus proche et s'enfuit dans sa chambre.

Je l'entends étouffer ses sanglots. Je devrais être triste. Je devrais la consoler. Mais je reste planté là, je suis incapable de réagir.

Après m'avoir donné les instructions pour la fin de la cuisson de ses pâtés d'une voix à peine audible, elle part pour l'hôpital, en me laissant seul. La nuit a recouvert le monde. Je reste immobile devant la fenêtre pendant un bon moment, écoutant la musique du vent qui pénètre entre les vitres, hypnotisé par les gros flocons qui valsent dehors. Je combats la boule qui vient de se développer dans ma gorge.

C'est le pire Noël de toute ma vie.

Chapitre Six

Averse

C'est horrible de souhaiter du mal à quelqu'un, de le voir se métamorphoser devant moi et retomber sur mes épaules. Horrible.

Ma mère pleure sans arrêt. Je ne l'ai jamais vue dans un état pareil. Mon père a pris congé et sa sœur est descendue des Laurentides pour venir nous aider, pour nous «supporter». Elle est gentille, ma tante Odile, ça me réconforte un peu qu'elle soit là, ça détend l'atmosphère. Lorsque les cris étouffés de ma mère parviennent jusqu'à nous, elle m'enlace et laisse échapper des petits soupirs. Elle m'enlace. Je pose ma tête sur ses genoux et elle joue dans mes cheveux pendant des heures. Je ne suis pas capable de penser, alors je me laisse faire, je ferme les yeux.

Ça me fait tout drôle, mon ventre cha-touille. On dirait que je ressens la douleur de ma mère, je ressens son désarroi au fond de moi, comme si un fil invisible nous liait. J'ai envie de pleurer aussi. Je me retiens.

Je l'aimais beaucoup, grand-maman. Quand papa m'a annoncé qu'elle était morte, sur le coup, ça m'a sonné. Elle était vieille, c'est sûr. Elle se plaignait souvent qu'elle avait mal « dans le dos ». Ç'a l'a peut-être terriblement soulagée de mourir. Je ne sais pas. Je ne m'y attendais pas. « Ce devait être son heure, a dit mon père en consolant ma mère. Il n'y a rien qui arrive pour rien… »

Peut-être. C'est ce qu'elle répétait sans arrêt.

Ça me fait mal. Physiquement. Je ressens un grand vide à l'intérieur, comme si quelqu'un avait arraché un morceau de mon âme. Je ne la reverrai plus jamais. Je n'entendrai plus sa voix. Je ne sentirai plus jamais son parfum, l'odeur de son corps, de ses vêtements.

Aujourd'hui, j'ai décidé d'aller à l'école quand même, malgré l'insistance d'Odile qui me disait de rester auprès de ma mère. Pour quoi faire ? C'est pire quand je suis avec elle. J'avais besoin de me changer les idées, de voir du monde, de voir Alice, de lui dire. Le paysage semblait plus triste que d'habitude. La neige commençait déjà à fondre, faisant place au gris de l'asphalte et à la saleté environnante. Même les arbres avaient l'air d'avoir attrapé la mort. Le ciel était terne, le vent était froid. On aurait dit que le temps reflétait ma peine, que la nature pleurait ma grand-mère autant que moi. Chloé marchait devant moi, mais j'ai pris mon temps, pour ne pas la rejoindre. Je n'avais pas envie de lui parler, pas envie de la voir. Je suis arrivé à l'école par automatisme, sans dire un mot, en essayant de faire comme si c'était un lundi banal.

Alice était tout heureuse de me dire qu'elle avait eu un billet de vingt dollars que sa tante lui avait donné et qu'elle allait le mettre dans notre coffre avec le reste de nos économies. Mais elle a bien vu que quelque chose clochait parce que l'enthousiasme que j'aurais dû avoir n'était pas au rendez-vous. J'ai refermé la porte de mon casier pendant que les autres élèves entraient en classe. Alice a posé sa main dans mon dos en me demandant ce qui se passait. J'ai essayé de lui dire, de formuler une simple phrase, de lui dire que j'avais de la peine, que je me sentais mal, que ma mère était souffrante, que ma grand-mère était morte. Mais aucun son ne voulait sortir, ma voix était bloquée par l'immense boule qui avait pris ses aises dans ma gorge. Je savais que si je prononçais ne serait-ce qu'un seul mot, j'allais éclater en sanglots. J'ai évité son regard et mes lèvres se sont mises à trembler, mes yeux se sont remplis de larmes. Je ne contrôlais plus rien, ça sortait tout seul. Je me suis accroupi et Alice s'est assise à côté de moi en me frottant le dos. *C'est correct, c'est correct, ça va bien aller, voyons donc, Vic.* Je ne voulais pas qu'elle me voie comme ça, je cachais mon visage de mes deux mains. Je respirais mal. Pas assez. J'avalais mes sanglots qui remontaient au fur et à mesure, sans me laisser le temps de reprendre mon souffle. Ma poitrine bondissait sans arrêt. Je combattais.

Lucie, mon professeur, a fait irruption dans le corridor désert et s'est jetée sur moi en interrogeant Alice. Celle-ci lui a dit qu'elle ne savait pas ce que j'avais, que j'avais beaucoup de peine mais que je n'avais pas l'air blessé.

— C'est beau, Alice, tu peux aller dans la classe. Commence ta période de lecture.

Alice a essayé d'insister, mais Lucie est autoritaire et elle lui a fermement fait comprendre de me laisser seul avec elle. Assise par terre devant moi, elle a posé ses mains sur mes genoux. J'ai laissé échapper un sanglot sonore en reprenant ma respiration, en retenant la morve qui semblait sortir de tous les pores de ma peau. J'ai essayé de lui répondre, de lui dire que ma grand-mère était morte, mais il n'y avait que des syllabes saccadées qui sortaient de ma gorge. Lucie a compris, et quand elle m'a attiré vers elle, je me suis abandonné dans ses bras et j'ai laissé sortir mon chagrin, j'ai chassé la boule de ma gorge et j'ai pleuré sans retenue.

Je ne pouvais plus arrêter. Dans ma tête, les mêmes pensées se bousculaient, les mêmes images apparaissaient à répétition : je ne la verrai plus jamais, elle est morte, je ne la verrai plus, je ne la sentirai plus, grand-maman, morte, plus jamais…

Lucie m'a serré dans ses bras en me berçant. Ça m'a fait du bien d'avoir un peu d'attention, d'être compris. Je suis égoïste, je ne devrais pas pleurer comme ça, je devrais penser à ma mère qui a sans doute plus mal que moi. Elle a perdu sa mère. Moi aussi je vais perdre la mienne un jour. C'est horrible, je ne devrais pas penser à ça. Ça me fait pleurer encore plus. Je ne veux pas la perdre, je ne veux pas qu'elle s'en aille. Je veux mourir moi aussi pour arrêter d'avoir mal, de réfléchir.

C'est horrible, la mort.

Je n'aurais pas dû penser du mal de ma mère. Moi aussi, un jour, je devrai la quitter.

Je ne suis pas resté à l'école. Je ne voulais pas affronter mes amis, affronter Alice. Ma tante Odile est venue me chercher et m'a raccompagné chez moi. J'avais séché mes larmes, mais mes paupières, alourdies d'avoir trop pleuré, trahissaient mon état. Odile n'a rien dit. Elle a pris ma main et nous avons marché ensemble dans le matin brumeux.

* * *

L'horloge indique vingt-deux heures et je suis toujours éveillé. Ma mère a cessé de pleurer elle aussi, mais elle a l'air fatiguée, comme si elle n'avait pas dormi depuis des jours. Son regard est redevenu un peu plus humain, mais ses yeux continuent d'être rouges, gonflés de chagrin. Nous regardons la télévision, sans trop l'écouter. Je me couche sur elle, je m'enveloppe de sa chaleur, comme quand j'étais petit. Je respire normalement. Elle me frotte le dos et dépose un baiser délicat dans mon cou. Je retrouve ma mère, un instant, et j'oublie tout le reste. J'ai envie d'être près d'elle. Je m'en veux de l'avoir détestée autant, d'avoir été un mauvais fils, d'avoir songé à fuguer.

C'est horrible de voir sa mère pleurer.

Je m'assoupis, imprégné de son odeur.

CHAPITRE SEPT

Vagues

Deux jours, c'est tout ce qu'il me reste avant la fin des vacances du temps des fêtes… seulement deux minuscules journées.

Ma tante Odile a finalement décidé de nous laisser tranquilles, ce qui fait mon affaire, parce qu'elle commençait à m'énerver un peu. Après les funérailles de grand-maman, elle est restée chez nous pendant deux semaines. Deux longues semaines à essayer de se lier d'amitié avec moi, à me faire la morale, à essayer de me faire parler de moi. Deux semaines à l'endurer me répéter que j'ai donc grandi, qu'Alice me ferait donc une belle petite blonde, que je dois dire *s'il vous plaît*, que je devrais aller jouer dehors un peu, au lieu de rester planté devant l'ordinateur.

Un cauchemar. Pire que ma mère.

Deux jours, c'est également le temps qu'il reste avant que mon père retourne sur la route. Tout va sembler bizarre après son départ. J'ai espéré qu'il ne repartirait pas, pendant un moment, je me suis habitué à sa présence. Ça fait du bien qu'il soit à la maison, ça calme ma mère. Ça me calme aussi. Papa, c'est l'équilibre de la maison, celui qui tient le gouvernail. Quand il n'est pas là, tout bascule, se déchaîne. C'est sûrement pour cela que ma mère se met sur mon dos aussitôt qu'il ferme la porte… pour se sentir moins seule. En essayant de me contrôler, elle comble le vide laissé par mon père. C'est peut-être aussi parce qu'elle est triste, elle aussi, qu'il s'en aille. Peut-être que si je disparaissais pendant un petit bout de temps, ça les rapprocherait, que papa déciderait de changer de travail pour rester à la maison, je ne sais pas. Il serait sûrement furieux et, malgré tout, je crois que ça ferait de la peine à ma mère.

Les dernières semaines ont été dures. Disons que le temps des fêtes ne s'est pas passé comme je l'aurais souhaité, comme ce que j'avais connu avant. C'était calme dans la maison, ma mère a pleuré le soir de Noël, parce que c'était son premier sans grand-maman. J'aurais mieux aimé qu'elle n'en parle pas, qu'on essaie d'être heureux avec la famille, qu'on tente de s'amuser un peu. Mais mes tantes se sont mises à pleurer aussi. La catastrophe ! Avec mes cousines, je suis allé jouer dehors. Personne n'avait envie de voir ça, de le revivre encore. En somme, ce n'était pas un très beau Noël. Au moins, mon père était là. Il m'a emmené au cinéma, au restaurant, il m'a changé les idées et m'a, par le fait même, permis de prendre congé d'Odile.

Je n'ai pas envie qu'il s'en aille encore. Je n'ai pas envie d'avoir un père de fin de semaine. Ça leur sert à quoi de rester ensemble s'ils passent leurs vies éloignés l'un de l'autre ? Si je me marie un jour, je vais m'arranger pour ne pas faire vivre ça à mes enfants.

Deux jours, c'est aussi ce qu'il me reste de temps pour faire tous les devoirs que j'ai négligés pendant trois semaines. Dire que je passe ma vie à l'école pour me retrouver chez moi avec encore des études à faire. J'ai l'impression parfois que ma vie se résume à ça : l'école. Heureusement, je peux quand même compter sur Alice pour être aussi paresseuse que moi.

* * *

Je raccroche le combiné et j'évalue la situation : ma mère repasse les chemises de mon père, signe imminent qu'il retourne vendre ses pièces de voitures à l'autre bout de la province. Elle est sûrement de mauvaise humeur. Je me dirige donc vers le bureau de mon père où celui-ci doit être en train de faire des affaires ennuyantes, comme de la comptabilité.

— Papa ?

Sans quitter des yeux son écran, il émet un son, signe distinctif qu'il sait que je suis là mais qu'il ne m'écoute pas totalement. Parfait.

— Est-ce que je peux aller chez Alice faire mes devoirs?

Il ne répond pas. Mes doigts croisés derrière mon dos, j'attends une réaction, une réponse positive. Quand je veux quelque chose, je suis presque toujours assuré que mon père acquiescera.

— Papa?

Il se retourne brusquement comme s'il venait de s'apercevoir que j'étais là.

— Hein?

Je lui pose de nouveau ma question, le plus simplement du monde, comme s'il était tout à fait normal que je veuille aller chez Alice, un samedi, juste avant l'heure du souper.

— As-tu demandé à ta mère?

Je le vois venir à cent kilomètres à l'heure.

— Non.

— Ben, demande à ta mère. Si elle veut, je suis d'accord.

Raté.

Je devrai donc aller supplier ma mère. La tâche ne sera pas facile, mais je fonce. Je n'ai, après tout, rien à perdre, tout à gagner. Ma mère me laisse rarement aller chez Alice. Elle préfère que celle-ci vienne à la maison. De cette façon, elle peut nous surveiller et continuer de faire régner sa loi sur moi. Je la soupçonne de faire exprès, mais comme ça ne dérange pas Alice, nous nous plions à sa demande et ça nous permet de passer du temps ensemble.

Je m'assois à la table, face à ma mère qui est mi-concentrée sur son repassage, mi-attirée par la télévision de la cuisine. Comme d'habitude, elle ne me remarque pas.

— Mamaaan?

Elle sait que je vais lui demander une faveur à la manière que j'ai d'étirer la dernière syllabe de son nom. Je devrais changer de tactique, je deviens trop prévisible. Semblable à mon père, elle émet un son en levant son regard vers moi. Je lui lance la question que j'ai répétée dans ma tête.

— Est-ce que peux aller passer le reste de la journée chez Alice pour faire nos devoirs?

Avant qu'elle puisse dire quoi que ce soit, je m'empresse de lui dire que papa est d'accord.

— Pourquoi elle vient pas ici, elle, à la place?

Toujours cette manie de me répondre par une autre question, d'éviter le sujet. C'est vrai qu'elle «pourrait» venir ici, mais j'ai envie d'être chez elle. C'est tellement différent chez Alice. J'adopte son système et détourne la question.

— J'aimerais ça y aller, c'est toujours elle qui vient chez nous d'habitude… et sa mère, ça la dérange pas que je reste pour souper.

La dernière affirmation n'est pas tout à fait vraie, mais Alice m'a assuré que, une fois devant le fait accompli, sa mère ne chignerait pas.

Ma mère me scrute à la recherche d'un quelconque signe qui trahirait mes arrière-pensées. On dirait qu'elle cherche un argument, mais elle n'en trouve pas et cède peu à peu à mes grands yeux d'enfant sage.

— Vous allez faire vos devoirs?

— Oui, oui. Je vais même te les montrer en revenant si tu veux.

— Puis sa mère va être là?

— Ben oui!

— Pis vous allez rester dans la maison?

— Où est-ce que tu veux qu'on aille?

— Si j'appelle et que vous n'êtes pas là, tu vas passer un mauvais quart d'heure, as-tu compris?

— Tu me fais pas confiance?

Elle n'a pas besoin de répondre. Je sais pertinemment qu'elle n'a pas confiance en moi. Je lui ai trop menti. Alors, je me force à être honnête en ne lui révélant que des demi-vérités et en essayant de lui obéir le plus possible.

— O.K. Mais je vais aller te chercher à sept heures.

— Ben là!

Elle me fait ses gros yeux. Elle déteste quand je réplique, elle me le dit tellement souvent, mais la plupart du temps, c'est plus fort que moi, ça sort tout seul.

Je baisse les yeux et accepte le compromis, contenant la joie qui vient de m'envahir. Je ne veux pas lui montrer que je suis trop content, sinon elle va continuer à être aussi sévère. Mais à l'intérieur, je suis aux anges. Je m'en vais chez Alice, avec la bénédiction de ma mère par-dessus le marché !

Sept heures… c'est mieux que rien du tout.

* * *

C'est triste, l'hiver, quand Noël est fini. On dirait que tout est plus laid, plus froid. Désagréable. La noirceur s'installe et il n'est que trois heures. Dans les rues, les décorations de Noël sont éteintes, les gens les ont déjà oubliées. C'est dommage. Les rues sont désertes, et pour cause : il fait un froid de fou, un froid à geler la salive à même ma bouche.

Bien caché derrière mon foulard, une tuque enfoncée jusqu'au nez, je marche le plus vite que je peux. Je ne sens plus mes jambes, mes pieds, je serre les poings solidement dans mes mitaines pour les réchauffer. J'aurais mieux aimé que ma mère vienne me conduire, mais je n'ai pas osé le lui demander, ne voulant pas pousser ma chance. De toute manière, ce n'est pas aujourd'hui que je vais rencontrer Benoît Dandurand dans la rue. Il fait beaucoup trop froid et sa maison n'est pas sur le chemin. J'aperçois la maison d'Alice et j'ordonne à mes jambes de marcher plus rapidement. Si l'asphalte n'était pas recouvert de glace, je courrais.

La porte s'ouvre et la chaleur me fouette le corps, comme des millions d'aiguilles qui pénètrent dans mon corps en même temps. Ça fait mal et ça fait du bien. Ça soulage.

— Ah ben, salut, Victor !

Marie-Noëlle. La grande sœur d'Alice se tient devant moi dans toute sa splendeur. Du haut de ses dix-sept ans, elle est la version plus vieille d'Alice, plus jolie… impressionnante. J'essaie de lui retourner son salut, mais ma mâchoire est figée par le froid et ne sort de ma bouche qu'un bruit incompréhensible, comme un homme des cavernes. Je suis soudainement conscient de l'image que je projette avec mon visage caché sous la laine humide. Marie-Noëlle semble me trouver extrêmement drôle et crie à tue-tête :

— ALIIIICE ! VICTOR EST ARRIVÉ.

Toute la maison doit être au courant. J'entends des pas de course et Alice apparaît en haut des marches, souriante et heureuse de me voir. J'attends que sa sœur ait disparu pour me défaire de mon accoutrement bizarre, mes mains encore engourdies par le froid intense qui sévit dehors.

—Je n'en reviens pas que ta mère t'ait laissé venir!

— Moi non plus!

Je suis heureux d'être là.

Nous descendons au sous-sol où se trouve la chambre d'Alice qui est dans le pire désordre que j'aie vu de ma vie. Ma mère aurait fait une crise cardiaque juste à la voir. Moi, je le trouve confortable, son désordre.

J'aime l'odeur de sa maison. Chez nous, c'est tellement propre, tellement parfait, tandis qu'ici, c'est un peu chaotique. J'adore cela. J'adore le fait qu'on peut s'enfermer dans sa chambre pour faire nos devoirs sur son lit, avec son chat pour nous tenir compagnie. J'adore l'électricité qu'il y a dans l'air, comme si n'importe quoi pouvait arriver d'une seconde à l'autre. Les parents d'Alice sont, en tous points, complètement différents des miens et je l'envie d'être aussi libre.

— Tu trouverais pas ça drôle tous les jours si tu vivais avec un grand frère et une grande sœur.

Je hausse les épaules. Pour moi, Alice mène une vie de rêve, avec sa liberté, son chat, ses aînés, ses flexibilités. Pour elle, je mène une vie parfaite avec mes parents aisés, ma grande chambre, mes privilèges. J'ai toujours de la difficulté à me figurer en quoi elle peut bien m'envier. C'est sans doute ce qui nous unit.

Sur son lit, je m'aperçois qu'Alice a déjà commencé ses devoirs. En fait, en regardant de plus près, elle les a pratiquement terminés. Je l'interroge du regard. Elle me regarde, mi-fière, mi-amusée par ma consternation.

— Je me suis dit que t'aurais juste à copier mes réponses, comme ça, ça irait plus vite et on pourrait en profiter pour faire autre chose à la place.

Je ris nerveusement. Elle a du front, Alice, mais l'idée me plaît. De toute manière, nous en serions arrivés aux mêmes réponses, au même résultat final et Lucie sait très bien qu'on fait toujours nos devoirs ensemble. C'est futé, simple et efficace.

Je m'empresse de copier ses réponses en corrigeant quelques erreurs. Nous sommes tous les deux allongés sur son lit. Son chat en cuillère, elle me dicte ses réponses en lui grattant la tête. Il ronronne et ferme les yeux. J'essaie de ne pas laisser transparaître ma jalousie pour la bête. J'essaie de me convaincre que je n'ai pas besoin d'être en amour avec Alice, que c'est ma meilleure amie et que je devrais m'en contenter. Comme ça, au moins, je suis sûr de ne jamais la perdre. C'est dur. Elle est tellement belle comme ça, étendue sur son lit, son petit sourire en coin, complice.

Je referme mon cartable et le plonge dans mon sac à dos. Vite fait, bien fait. Le crime parfait, un crime que même ma mère ne pourrait pas détecter. C'est ma petite vengeance. Je n'ai toujours pas digéré la punition de ma mère. Même si elle m'a tout de même permis d'être ici aujourd'hui, elle a insisté pour que ma punition continue pendant le temps des fêtes, malgré mes sincères regrets, malgré la mort de grand-maman. Alice dit que c'est normal puisque c'est mal de voler de l'argent à ses parents, même si c'est pour notre voyage en ville. Moi je trouve que c'est franchement exagéré. Surtout que j'étais supposé aller passer quelques jours chez Marc pendant les vacances et qu'elle me l'a formellement interdit en me disant que j'ai une leçon à retenir de mes agissements. Ça fait chier. Je voulais parler à Marc de notre plan, pour le mettre dans le coup, pour qu'on s'organise. Je n'ose jamais lui en parler par courriel, parce que je sais très bien que ces choses-là, ça s'intercepte. Alice essaie de calmer un peu ma colère en me disant que ce n'est pas grave, que c'était peut-être une mauvaise idée de fuguer, après tout. Ça me rentre dedans. Comment ose-t-elle défaire ainsi notre plan si judicieux, alors que notre coffre se renfloue à vue d'œil?

En voyant l'effet de ses paroles sur moi, Alice change de sujet et propose qu'on aille se cacher derrière la cabane dans sa cour pour fumer une cigarette du paquet que j'avais volé à grand-maman, le même paquet qu'elle avait trouvé par terre à l'endroit où, on dirait que ça fait des siècles déjà, je me suis battu avec Dandurand. Je refuse, il fait trop froid. À son air désappointé, cela faisait partie de ses plans de la journée, j'insiste. Je sais que le temps est glacial et je n'y retournerais pas même si elle promettait de m'embrasser.

— Qu'est-ce que vous faites, les amoureux ?

Marie-Noëlle s'accote sur le cadre de la porte et attend notre réponse avec cet air amusé que j'ai vu si souvent sur le visage d'Alice.

— Premièrement, on n'est pas des amoureux ! Deuxièmement, c'est pas de tes affaires, Marie.

— Capote pas, la sœur ! Je voulais juste vous dire que le souper va être prêt bientôt. Bye, les amoureux !

Alice lui lance un de ses oreillers pendant que Marie-Noëlle disparaît en riant de l'autre côté du mur. *On n'est pas des amoureux.* Le mince espoir que j'avais s'efface. Ça me fait bizarre, mais j'essaie de ne pas le laisser voir à Alice qui a soudainement l'air gênée, ce qui ne lui ressemble pas.

Nous montons à l'étage et je découvre que la table a été mise pour seulement trois personnes. Marie-Noëlle fredonne devant le four, les yeux rivés sur le contenu de son chaudron fumant.

— Ta mère est pas là?

— Non, elle travaille de soir ces temps-ci.

— Et ton père?

Elle hausse les épaules en me disant qu'elle ne le sait pas trop, elle évite mon regard. Je ne lui demande pas où est son frère sous peine d'avoir droit au même traitement et je m'assois à côté d'elle pendant que sa sœur nous sert un plat de pâtes chaudes.

Marie-Noëlle nous fait la conversation, elle parle de tout et de rien, de son chum Cédric qui est donc beau, des cours qu'elle va prendre au cégep. J'ai de la misère à suivre ce qu'elle dit. Je me contente de la fixer en engouffrant les délicieuses pâtes qu'elle nous a préparées. Je ne me sens pas trop bien.

Je réalise que mon père me manque, que j'aurais dû rester chez moi pour souper avec mes parents. J'adore Alice, j'adore le fait que sa sœur s'occupe de nous, j'adore leur indépendance, leur force, mais il y a un sentiment bizarre qui m'envahit et je ne peux pas le contrôler. J'ai envie d'être chez moi. Avec mon père. Je suis triste qu'Alice n'ait pas de souper avec ses parents, que sa mère travaille le soir. Jusque-là, je n'avais jamais réalisé ce qu'était sa vie. Elle n'a pourtant pas l'air malheureuse. J'imagine que nous avons simplement des vies différentes. Pendant que je m'efforce de plaire à mes parents, elle s'efforce de se débrouiller seule. Pas étonnant qu'elle soit encline à partir de là pour un bout.

— T'as pas faim, Victor?

* * *

Je m'installe sur le siège du passager le plus rapidement possible pour fuir le froid qui empire. Mon père baisse le volume de la musique qui jouait à tue-tête dans la voiture.

— Puis? C'était le fun?

Je hausse les épaules.

Oui, c'était drôle. J'ai ri beaucoup. Après le souper, on a joué aux jeux vidéo avec Marie-Noëlle. J'ai parlé avec Alice, tous deux emmitouflés dans ses couvertures. J'ai eu une belle journée.

Pourtant, je ne sais pas quoi dire à mon père ni comment. C'est con, mais j'ai envie de pleurer. C'est insupportable de vivre dans ma vie, dans mes mensonges, dans le désir de m'enfuir de mes parents alors qu'ils ont l'air de tout faire pour me rendre heureux. Je lui balance une vérité pour me soulager, pour éloigner la boule qui essaie de se former dans ma gorge.

— Sa mère était pas là.

Mon père ne dit rien. Il sait que ma mère n'approuverait pas. Ce qui me dérange le plus est que je n'avais pas menti à ma mère en prétendant que la mère d'Alice serait là.

C'est plutôt Alice qui avait détourné la vérité en omettant de me dire que Marie-Noëlle garderait un œil sur nous.

J'explique maladroitement la situation.

— C'est correct, Victor, tu pouvais pas savoir.

— Maman va être frustrée !

Mon père me regarde comme si je venais d'apparaître dans son auto.

— Pourquoi tu dis ça ?

— Parce que je sais qu'elle ne m'aurait pas laissé y aller si elle avait su que sa mère n'était pas là. Elle ne sera pas contente.

Mon père stationne la voiture dans l'entrée déneigée et laisse le moteur tourner. Je le regarde. Il cherche ses mots en fixant le faisceau lumineux des phares éclairant notre cabanon.

— Tu sais, Vic, ça ne doit pas être facile que je sois parti tout le temps. Ça ne l'est pas pour moi, en tout cas ! J'essaie de me trouver un autre travail, mais ce n'est pas évident, surtout pas à ce temps-ci de l'année.

Que dire ? Je détourne mon regard. Je n'ai pas envie d'avoir la conversation que je crois qu'il veut avoir, mais ce serait impoli de juste sortir de l'auto.

— Maman serait pas *frustrée* si tu lui disais la vérité, comme tu viens de le faire avec moi. On est là pour t'aider, Vic, on est toujours là pour toi. Ça n'a pas été facile, ces derniers temps, je le sais, mais je veux que tu saches que tu peux toujours compter sur maman quoi qu'il arrive. On t'aime beaucoup, Vic. Tu le sais, ça?

— Ben oui.

Il hésite à me dire quelque chose, mais décide de me donner un coup sur l'épaule à la place. Je ris nerveusement et lui rends la pareille. Il ferme le moteur et nous entrons dans la maison.

Une journée et mon père s'en retourne travailler sur la route. J'ai de la peine. J'ai l'impression d'être un fils incompétent. C'est tellement facile de parler avec mon père, je n'ai jamais peur qu'il crie ou qu'il s'emporte. C'est différent avec ma mère. On dirait qu'elle n'est jamais satisfaite. Mais comment essayer d'expliquer ça à mon père? Il ne pourrait pas comprendre, même s'il essayait.

J'espère qu'il va se trouver une autre job. Sinon, moi je disparais. Je ne sais pas encore comment, mais j'ai besoin d'une pause de parents. Il devrait exister des endroits pour les jeunes qui ont besoin de vacances. Je m'accroche à mon plan, à mon rêve, malgré les paroles d'Alice plus tôt, malgré le fait qu'il semble s'éloigner et de plus en plus irréalisable.

J'ai hâte de retrouver mes amis, mon rythme de vie, d'oublier que mon père repart et que je ne pourrai plus aller me réfugier chez grand-maman quand ma mère va me taper sur les nerfs. J'ai hâte de redevenir moi-même, d'arrêter de jouer au fils parfait.

Mais il ne me reste que vingt-quatre heures avant d'entamer la nouvelle année pour de vrai. En espérant que ce qui s'en vient soit mieux que l'année passée.

Au moins, j'ai mon père, j'ai l'école et j'ai Alice. Tout va bien aller.

CHAPITRE HUIT

Neige

Elle est folle.

Alice s'avance vers Dandurand et le pousse à deux mains, elle lui tient tête.

— As-tu un problème, le gros? lui lance-t-elle.

Il la regarde. On dirait presque qu'il a peur, qu'elle l'intimide. Il prend son air enjôleur, comme d'habitude en présence d'Alice. Il lui sourit et ça semble la mettre encore plus de mauvaise humeur.

— Ben non, Alice, qu'est-ce qui te prend?

Elle n'a pas toute sa tête, c'est sûr. Le défiant, elle le repousse, le force à reculer. Incroyable, le pouvoir qu'elle a, la capacité qu'elle possède de sembler plus grande, plus puissante que lui.

— Vas-tu arrêter d'écœurer le peuple? Il t'a déjà fait quelque chose, Victor?

— Je l'ai pas...

— Hey! Prends-moi pas pour une conne, Benoît Dandurand! La prochaine fois que je te pogne, t'es mieux de courir, puis de courir vite, parce que je ne serai pas toute seule et tu vas avoir mal !

Elle se retourne et revient vers moi, le regard noir. Je l'ai rarement vue dans un état pareil. Dandurand n'a pas bougé. Il reste sur place, comme s'il ne savait pas quoi faire, comment réagir. Il est sonné. Alice lui crie de s'en aller. Il soulève son majeur dans notre direction.

En un éclair, Alice a enlevé sa tuque, ses mitaines et les a jetées dans la neige. J'ai à peine le temps de respirer qu'elle fonce sur lui en lançant un hurlement de mort. Pour la première fois de ma vie, je vois Dandurand, effrayé, s'enfuir en courant comme un bébé. Ridicule. Hilarant.

Alice arrête sa course et marche vers moi, pliée en deux par le fou rire qui nous envahit, elle s'accroche à mon épaule. Son rire est contagieux et on s'écroule dans la neige, dégustant notre victoire sur un Dandurand seul, et étonnamment poltron. Ça me soulage un peu, mais ça n'enlève pas le fardeau que je porte à son sujet.

En mettant nos skis sous nos bras, nous nous dirigeons vers le chalet commun, le soir commence à tomber et nos estomacs commencent à crier famine. J'ai envie de tout dévoiler à Alice au sujet de Benoît Dandurand, au moins pour la mettre au courant, pour m'enlever une part de responsabilité. Mais je me sens trop mal, voire coupable.

J'ai bien fait de venir. J'ai bien fait de supplier ma mère. Juste l'idée d'une semaine entière sans Alice, à me morfondre seul à l'école pendant que tous mes amis sont dans un camp éloigné, libres, m'aurait tué. Une semaine entière avec ma tante Odile pour me servir de gardienne… Plutôt mourir.

J'ai bien fait de venir ici.

Mon visage brûle, il dégèle. Le contraste entre mon corps et la température du chalet est déstabilisante. L'odeur du feu de cheminée, du chocolat chaud, de la soupe chaude embaume l'immense pièce dans laquelle on vient de pénétrer. Après avoir déposé nos skis, on passe au comptoir et on met tout ce qu'on peut déposer sur nos plateaux. De la soupe, du pain, du beurre, du ragoût, des pâtisseries, des patates. On se sert du café dans les tasses géantes, habituellement destinées au chocolat chaud, nos corps reprennent leur température normale.

Armés de nos plateaux fumants, on prend place sur l'un des immenses canapés rouges, près du feu. La noirceur est déjà installée dehors et les lumières jaunes du chalet nous plongent dans notre monde. Tout est chaleureux ici. Je me sens loin.

— *My God!* Allez-vous manger tout ça?

Lucie s'installe dans le fauteuil à côté de nous. Elle est différente depuis qu'on est ici, elle a l'air plus jeune. Elle a détaché ses cheveux qui tombent sur ses épaules et elle semble complètement détendue, de bonne humeur. Elle replie ses jambes sous elle et prend une tasse remplie de liquide bouillant entre ses deux mains, comme un objet précieux. La bouche pleine de saveurs diverses, nous l'observons, amusés. Elle ne semble pas s'en soucier, elle ferme les yeux et hume le contenu de sa tasse en souriant.

— Puis? Vous amusez-vous?

On marmonne que oui à travers le flot de bouffe qui inonde nos bouches. Elle rit puis soupire.

— Ça me rappelle quand, moi, j'allais en classe de neige.

On essaie de deviner son âge, elle sursaute quand on lui attribue trente-cinq ans, elle refuse de nous dire son âge mais nous assure qu'elle est beaucoup plus jeune qu'on ne le croit. On parle de l'école, de nos familles, elle écoute, sourit, nous reproche notre manque flagrant de vocabulaire. Elle nous parle de son chum qui l'attend chez elle, de son chat obèse, d'un professeur qui l'a marquée. C'est bizarre de discuter avec un adulte, je crois que ça ne m'est jamais arrivé, mais c'est naturel avec Lucie. J'ai l'impression qu'elle nous comprend, qu'elle nous envie presque. Elle nous dit d'en profiter au maximum pendant que ça passe et nous laisse finalement seuls.

Les autres commencent à revenir de leurs activités de la journée, ils ont tous l'air aussi crevés et aussi excités que nous. Lucie se promène et s'assure que tout le monde va bien, elle s'amuse. Chloé semble s'être trouvé une amie. Je ne la connais pas, mais je suis heureux de la voir avec quelqu'un. Je me serais senti obligé de l'inviter à se joindre à nous. Je l'aime bien, mais je suis bien dans ma petite bulle avec Alice. Nous buvons notre café, alourdis par la gourmandise. Mes yeux hésitent entre regarder le feu ou Daphné et Sarah qui sont assises un peu plus loin. J'aime bien Sarah, elle a toujours été gentille avec moi. Daphné, elle, est un peu plus vieille que nous. Je crois qu'elle a dû reprendre sa troisième année, quelque chose comme ça. Elle est belle, Daphné.

— Salut, vous deux !

Je sors de ma rêverie. William vient de s'asseoir sur le bord du canapé. Alice se redresse et ajuste ses cheveux derrière ses oreilles, elle fait toujours ça quand elle est nerveuse. William est un des animateurs et je crois qu'il ne lui est pas indifférent. Comme à toutes les filles d'ailleurs. Pourtant elles n'ont aucune chance, il est trop vieux, ça serait illégal ! Mais elles réagissent bizarrement lorsqu'il est dans les parages.

— On organise une méga-bataille de boules de neige dans une demi-heure, si ça vous tente.

— C'est sûr que ça nous tente, hein, Victor? dit Alice en me donnant un coup sur la cuisse.

Je hausse les épaules. Ça ne me dit absolument rien. Je préférerais aller me promener dehors, seul avec Alice, la relancer sur notre escapade, lui redonner le goût de s'enfuir avec moi, mais elle ne me regarde pas et continue de faire sa belle pour William. Il semble satisfait et nous donne rendez-vous devant le chalet des filles à dix-neuf heures.

En l'espace de quelques minutes, tous les élèves semblent au courant et il y a de l'électricité dans l'air. Dandurand regarde dans notre direction avec un petit sourire en coin. J'ai un mauvais pressentiment. Je n'ai pas envie d'aller m'amuser, j'ai envie d'éviter de donner une chance de plus à Benoît Dandurand de me démolir.

— Moi, j'irai pas.

Alice me regarde bizarrement.

— Pourquoi?

— Ça ne me tente pas. Je pense que je vais en profiter pour aller prendre ma douche pendant qu'il n'y a personne.

— T'es donc ben plate! Viens donc.

— Non, j'te dis. Ça ne me tente pas!

Elle est déçue.

Elle est déçue, mais elle y va quand même. Je me retrouve seul. J'aurais voulu qu'elle décide de rester avec moi. J'aurais voulu qu'elle n'aille pas rejoindre William et les autres. Je la regarde rire en compagnie de Chloé qui a l'air excitée d'aller se battre dans la neige.

Je suis déçu, moi aussi. Je commence sérieusement à remettre en question notre fugue. C'est peut-être n'importe quoi finalement. Ça me déprime encore plus. J'espère au moins qu'elle ne manquera pas Dandurand parce que, moi, je n'en ai pas le courage, même si je voulais.

Je pars vers le chalet des garçons. Les voix de mes camarades de classe parviennent jusqu'à mes oreilles. Je m'en fous. J'ai envie d'être seul. Je vais aller prendre ma douche, me changer et me reposer, je vais peut-être même continuer le livre, supposément fantastique, qu'Alice m'a prêté. Je n'aime pas vraiment lire, mais tout le monde est plongé dans ce roman ces temps-ci et je ne veux pas être à part. Ça m'arrive trop souvent.

L'odeur du bois, du renfermé, de l'humidité. Il fait chaud dans le chalet, je suis bien. Ça me fait tout drôle d'être ici, en terrain étranger. J'ignore depuis combien de temps ce chalet a été construit, mais j'imagine les centaines de personnes, de garçons comme moi qui ont marché sur le même plancher, dormi dans le même lit que moi. Dans le silence, j'ai l'impression d'entendre leurs échos, ça me fait un peu peur, comme si l'endroit était en vie. Il y a trop de coins sombres, trop d'endroits inconnus, je n'aime pas ça.

Je suis soulagé quand j'entends des voix au bout du corridor, de la lumière qui vient de ma chambre. Je presse le pas, regardant droit devant moi, je me sens ridicule, mais la frousse est plus forte que moi.

— Salut, les gars !

Jérémy et Samuel sursautent et cachent quelque chose à toute vitesse sous le sac de couchage. Ils sont assis sur le lit de Jérémy, juste en dessous du mien. Soupirant, Samuel ressort de sa cachette ce qui ressemble à un jeu de cartes.

— Victor, tu nous as fait peur. Je pensais que c'était William.

— Excusez-moi. Qu'est-ce que vous faites ?

Ils se regardent en souriant, comme s'ils hésitaient à me dévoiler quelque chose. Je décide de m'en foutre, je suis de mauvaise humeur après tout. Je suis tanné qu'on me laisse tomber, qu'on me laisse à part. Je commence à penser que j'aurais dû rester chez nous au lieu de venir me faire chier ici.

— O.K., Vic, mais faut pas que tu le dises à personne, tu gardes ça pour toi, O.K. ?

Samuel me tend le paquet de cartes. Ce ne sont pas des cartes de hockey. Ce sont des cartes à jouer. Je les regarde, je ne comprends pas. Jérémy me dit :

— Retourne-les ! Samuel a piqué ça à son frère.

En tournant les cartes, je découvre des photos.

Des photos de femmes.

Nues.

Je m'assois sur le lit en face d'eux. Ils se mettent à rire nerveusement. Samuel m'en réclame quelques-unes que je lui donne sans relever les yeux des images. Je ne sais pas quoi faire, quoi dire. À part ma mère quand j'étais petit, je n'ai jamais vu une fille nue, encore moins une femme. Elles me regardent toutes, me dévoilant leurs corps. Elles sont si différentes de ce que je pouvais imaginer.

— Regarde l'as de cœur ! me dit Jérémy, excité.

L'as de cœur. La fille, une main dans ses cheveux blonds, l'autre cachant ses seins, est assise sur une moto et écarte les jambes, dévoilant…

C'est dégueulasse !

— Wow !

C'est tout ce que j'arrive à dire. Samuel et Jérémy continuent de s'échanger les cartes et s'esclaffent en les comparant. Ils disent des mots que je n'ai jamais entendus avant, dont je ne comprends pas le sens, que je n'oserai jamais demander, pas même à Alice. Je me sens con. Con et excité en même temps par ces images, par ces filles qui me regardent. Je suis nerveux, j'ai chaud, j'ai besoin d'une douche.

Je redonne les cartes à Samuel.

— C'est cool, hein ?

C'est dégueulasse !

— Ouais ! J'aime bien le valet de trèfle.

Je ne sais même pas ce que c'est le valet de trèfle, je veux juste paraître cool. Être comme eux. Mais, intérieurement, je crie, je ne sais pas comment réagir. C'est un domaine qui m'est totalement inconnu. Aucun documentaire qu'on nous montre à l'école n'est comme ça et je n'ai pas de grand frère, moi, pour me montrer ces choses-là. Je n'ai pas de meilleur ami comme Samuel pour m'initier, pour en parler. Je n'ai qu'Alice.

Une fois lavé, changé, je retourne vers le chalet en laissant les autres avec leur jeu de cartes. Mais je n'arrive pas à m'ôter les images de la tête. Je ne pense à rien d'autre. Ça me fait sourire en même temps, j'ai l'impression d'avoir été privilégié, de savoir des choses que personne d'autre ne connaît. L'impression d'être plus vieux.

Le chalet est presque désert, la bataille ne doit pas être terminée. Je repère le canapé près du feu et je m'apprête à m'y asseoir avec mon livre quand on me tape sur l'épaule.

— Salut, Victor. Tu n'es pas avec les autres toi non plus?

Daphné et Sarah se tiennent devant moi. J'essaie de chasser les images, mais elles sont plus présentes que jamais, et mon cœur saute dans ma poitrine.

— Non, ça ne me tentait pas vraiment, je suis fatigué.

Je me la joue cool, j'ai une soudaine envie de leur plaire. Je prends un air décontracté, celui que j'ai vu Alice prendre si souvent, celui que Samuel et Jérémy avaient dans la chambre. Je les suis vers le canapé sur lequel reposent leurs manteaux.

— On joue à «Vérités ou conséquences», ça te tente?

Je regarde autour de nous. Il n'y a pratiquement personne à part quelques élèves d'une autre école et la fille qui fait le ménage. Je hausse les épaules. Mon visage devient brûlant, j'ai envie de m'enfuir en courant, mais je reste cloué sur place. J'accepte, malgré moi, même si je déteste ce jeu. Je voudrais qu'Alice soit là, qu'elle revienne. Je voudrais que Jérémy et Samuel arrivent pour me sauver, pour avoir l'air moins con. Je voudrais être chez moi.

— O.K., c'est toi qui commences, Vic. Vérité ou conséquence?

Conséquence!

— Vérité.

Elles rient et se consultent. Je tente d'avaler la boule de nervosité prisonnière de ma gorge, j'ai des papillons dans l'estomac. Puis Sarah se redresse, se penche vers moi et me demande la grosseur de mon pénis.

Quoi ?

— Quoi ?

Elles rient de plus belle et attendent ma réponse. Je ne peux pas leur dire ça ! Je ne le sais même pas de toute manière. C'est personnel en plus. Qu'est-ce que je fais là ?

— C'est pas de vos affaires, ça !

J'essaie de rester détendu, cool, enjôleur. J'ai l'impression d'imiter Dandurand à merveille.

— Conséquence, d'abord.

Daphné semble satisfaite de ma réponse. Sarah se penche à nouveau vers moi.

— O.K. Il faut que tu embrasses Daphné.

Mon masque tombe. Je redeviens moi-même, je ne peux pas faire autrement. J'écarquille les yeux pendant qu'elles rigolent. Daphné glisse du canapé et s'agenouille par terre en me regardant. Elle se mord la lèvre, ça me rappelle Alice.

Je jette un rapide coup d'œil autour et je me glisse sur le sol à mon tour. Où l'on se trouve, personne ne peut nous voir, sauf Sarah. Face à face avec Daphné, mes mains deviennent moites, mon cœur veut sortir de ma poitrine, mon ventre est assailli par des millions de fourmis. Elle attend. J'approche mon visage du sien, plus proche. Je sens sa respiration, la mienne. Ses lèvres frôlent les miennes.

Je n'arrive pas à croire que je fais ça.

Je n'ai aucune idée de ce que je fais, de ce que je dois faire. Je sens sa langue entrouvrir mes lèvres, s'enfoncer dans ma bouche. Je ferme les yeux. *C'est donc à ça que ça ressemble?* C'est bizarre. Le goût, la texture. Comme si un petit être vivant tournait en rond dans ma bouche, frôlait ma langue. Nos dents s'entrechoquent et ma bouche est remplie de bave, de la sienne, je veux la repousser, m'essuyer, mais je me rends compte qu'elle tient ma tête fermement. J'essaie de respirer. L'odeur de son haleine. Le goût de sa langue. *C'est comme ça embrasser?* Je me sens maladroit. Je sens que tout est mal fait, mal senti... mal. Je continue, car elle ne semble pas vouloir arrêter. Je pense à Alice et Jérémy, aux cartes, au fait que, maintenant, moi aussi je fais comme les autres. Je suis comme les autres.

Sarah nous écarte.

— Lucie arrive, nous chuchote-t-elle.

Nous nous séparons, le plus loin possible l'un de l'autre. Je passe la manche de mon chandail sur mes lèvres, mon visage est en feu. J'évite le regard de Daphné et je fixe le foyer devant moi sans vraiment le voir. Une armée d'élèves entre en même temps dans le chalet, la pièce est inondée à nouveau de cris, de rires, d'insultes.

Je n'arrive pas à croire que j'ai fait ça.

— Qu'est-ce que vous faites?

Nous sursautons, Alice vient d'apparaître derrière le canapé, derrière Sarah. Je profite du chaos autour pour prendre place sur le fauteuil.

— Rien.

Alice nous regarde. J'ignore pourquoi, mais j'ai l'impression qu'elle se doute de quelque chose. Elle décide d'ignorer mes deux amies et me fait signe de la suivre.

— William a dit qu'il nous raconterait des histoires de peur avant qu'on aille se coucher.

Au moment même où j'hésite, Daphné me prend la main. Je remets mon masque.

— Non, je vais rester ici. Je suis fatigué.

Daphné est prise d'un fou rire. Alice insiste du regard et je la confronte. C'était à elle de rester avec moi tout à l'heure. Maintenant, je n'ai pas envie de la voir, d'être avec elle. J'ai envie de demeurer avec Daphné.

— Tu viens pas?

Elle est déçue. Pas moi.

CHAPITRE NEUF

En eaux troubles

Je suis contemplatif. Je fixe le mur devant moi. La voix de Lucie résonne dans mes oreilles, mais je n'écoute pas. Perdu quelque part entre deux mondes, je réfléchis à tout, à rien, à Alice assise un peu plus loin qui ne semble pas écouter non plus. Elle gribouille dans son cahier, totalement ennuyée, elle aussi, par la leçon de grammaire que nous connaissons déjà par cœur, depuis des lunes. Le soleil réchauffe la salle de classe et, si je ferme les yeux, j'ai presque l'impression que nous sommes l'été, qu'il fait chaud et que le primaire tire à sa fin. Je me vois avec Alice dans l'autobus vers la ville, notre sac à dos rempli de provisions et d'argent. Un trip extraordinaire, un goût de liberté. Je fixe le mur devant moi. Il est morose, terne et déprimant. Je n'ai aucune envie d'être ici.

Lucie pose ses yeux sur moi et continue son discours en me souriant. Elle me fait un clin d'œil discret. Elle sait que je fais semblant d'être intéressé, mais j'ai des bonnes notes, alors elle ne dit rien. Je retourne à ma rêverie.

Lucie, nue. Qu'est-ce qu'elle est belle! Elle est splendide, brillante. La pureté de sa peau sent la rose et ses fesses sont parfaites. Lucie, nue, mes lèvres sur ses contours volumineux. J'ai envie d'y goûter. Victor. Victor.

— Victor! M'écoutes-tu?

Je reprends vie. Je me fous des regards. Alice m'observe, amusée, un sourire en coin, les yeux brillants.

— Non. Excusez-moi, que je lui réponds, mi-arrogant, mi-sincère.

Elle fronce les sourcils et reprend depuis le début… le début de quoi, je n'en sais rien. Je n'entends pas. Je suis loin. Je suis dans le sous-sol de Daphné et ma main frôle ses seins. J'ai hâte que la journée soit terminée pour la retrouver, la tenir par la main, aller dans le parc et l'embrasser encore.

Alice est plus distante avec moi, ces temps-ci. C'est peut-être parce que je passe plus de temps avec Sarah, Samuel, Jérémy et Daphné. Peut-être aussi parce que, depuis qu'elle ne sort plus avec Jérémy, elle ne veut pas se tenir avec lui. Peut-être aussi qu'elle est jalouse de Daphné.

Peut-être que je m'en fous, aussi. Pour la première fois, j'ai une blonde, une blonde qui me tient la main tous les matins pour marcher vers l'école, une blonde plus vieille que moi qui pourrait mettre Dandurand K.O. en un tour de main. Pour la première fois depuis que j'ai déménagé ici, je fais partie d'une gang, je suis accepté, envié, comme quand je formais, avec Marc, un duo infernal. Je suis quelqu'un, pour de vrai. Je suis content.

N'empêche. Je ne comprends pas la réaction d'Alice. Elle devrait être heureuse pour moi. C'est compliqué, les filles, et Alice, je m'en aperçois maintenant, en est une. Je ne l'ai pas abandonnée, moi, quand elle était avec Jérémy. Si ça continue comme ça, c'est avec Daphné que je vais partir.

La cloche retentit dans la classe.

En un instant, nous sommes tous debout et tout le monde se précipite vers la porte. Enfin, la journée est finie. Du moins pour ce qui est des leçons, parce que, ce soir, il y a une danse à l'école, une danse au profit de notre voyage de fin d'année. Ce n'est pas la première fois que ça arrive, mais ce sera la première fois que j'y vais en couple. Je me vois déjà sous les lumières rouges et bleues, collé contre Daphné, ses mains dans les poches arrière de mon pantalon.

Alice me regarde.

— Vas-tu à la danse, ce soir?

— Oui. Ma mère m'a même donné plus d'argent pour boire quelque chose. Toi?

— Sûrement. Je n'ai pas demandé à mes parents. Peut-être que ma sœur voudra bien me prêter de l'argent, si je lui demande…

Elle n'a pas l'air dans son assiette. Ça empire de jour en jour. Elle hausse les épaules.

— J'ai pas le goût de m'en aller chez nous. Tu fais quoi, là?

Je n'en ai aucune idée. J'allais sûrement retrouver Daphné dans la cour d'école, comme d'habitude, mais à voir l'expression d'Alice, j'ai envie de lui mentir.

— Je ne sais pas.

Il est loin le temps où on se cachait dans le parc pour fumer. Il est loin le temps où on pouvait passer nos journées à jouer dehors, à n'importe quoi, avec rien, à se raconter nos fausses vies, à rêver d'autres choses, à comploter notre évasion du foyer parental.

— Je peux venir avec toi?

Je ne peux pas lui dire non. Le seul fait qu'elle me le demande me saute au visage. Elle est où, ma meilleure amie, celle qui m'a sauvé lors de ma première semaine d'école?

— Ben oui, c'est sûr…

* * *

Main dans la main, je marche avec Daphné, Alice, Samuel et Chloé à mes côtés. Samuel raconte le scénario du dernier jeu vidéo que son père lui a acheté. Alice n'a même pas l'air de l'écouter. Chloé, elle, s'accroche à toutes ses paroles. Elle n'est pas «vraiment» avec nous, mais comme elle emprunte le même chemin pour rentrer chez elle, ce serait un peu bête de la laisser seule. Elle ne dérange personne et Samuel semble satisfait de son public. Daphné serre ma main.

— Alice… elle s'en va chez vous? me chuchote-t-elle.

— Oui. Je pense qu'elle ne file pas trop aujourd'hui.

— Et moi?

Quoi, elle? Si Alice ne va pas bien, je ne la laisserai pas tomber uniquement pour qu'on aille s'embrasser dans son sous-sol, on fait ça tous les jours depuis des semaines.

— Quoi, toi? Tu peux venir aussi si tu veux.

— Si je veux? C'est quoi, tu veux pas que je vienne?

— Je n'ai pas dit ça, Daph.

Elle n'est pas contente. C'est compliqué, les filles.

— J'ai dit que tu pouvais venir si ça te tentait.

— Laisse donc faire.

Elle s'en va plus loin.

Qu'est-ce que j'ai fait? Je n'en ai aucune idée. Alice semble sortir de sa rêverie et me parle des rumeurs qui courent sur Dandurand. Il a été convoqué une fois de plus chez le directeur, sans avoir fait quoi que ce soit. Je crois savoir pourquoi, mais je décide de ne pas le lui dire. De toute manière, ça fait tellement longtemps dans ma tête et, depuis que je suis avec Daphné, il semble m'avoir laissé tranquille.

* * *

Alice est venue souper chez nous, avec la bénédiction de ma mère qui ne semblait pas heureuse du tout de devoir cuisiner pour une personne de plus. J'ai pris une douche, après quoi je me suis changé au moins six fois, sous les yeux moqueurs d'Alice qui me disait à chaque ensemble que ça m'allait super bien. J'ai essayé de peigner mes cheveux, de me mettre le plus beau possible. J'ai appelé Daphné avant de partir, mais sa mère m'a dit qu'elle était déjà là-bas.

Je ne sais pas pourquoi je suis nerveux comme ça. C'est spécial d'être à l'école quand il fait noir, spécial que ma mère me laisse y aller, même si je dois l'appeler à neuf heures trente pour qu'elle vienne me chercher. Nous rencontrons Marie-Noëlle, à l'entrée de la cour.

— Ah ben! Salut, les amoureux!

Ça semble l'amuser énormément de nous voir. Je ne lui ai jamais vraiment parlé parce qu'elle est toujours dans sa chambre quand je vais chez elle d'habitude. Je lui renvoie son salut tandis qu'Alice lui lance son éternel « on n'est pas des amoureux! » en lui lançant un regard réprobateur. Elle l'avait appelée de la maison pour qu'elle vienne lui porter de l'argent pour la danse. Alice me dit qu'elle va me rejoindre à l'intérieur, qu'elle veut parler à sa sœur. Même si j'ai la chienne, j'obéis, je ne veux pas la contrarier, pas devant sa sœur.

Lucie m'accueille une fois à l'intérieur, remarque l'effort que j'ai fait et me dit que je suis très beau ce soir. Elle a l'air fatiguée. Je lui remets mon argent et, une fois étampé, je longe le corridor qui mène à la cafétéria. La musique parvient jusqu'à moi, des rires. Je croise deux filles de cinquième année. Il y en a une qui a les yeux rouges, on dirait qu'elle a pleuré. Je salue Chloé qui semble en grande discussion avec son amie. Tant mieux. Je n'ai pas envie de parler. Je veux juste trouver Daphné.

— Hey, Victor !

C'est Samuel. Il me raconte qu'il a déjà dansé avec deux filles, dont une qu'il ne connaissait pas qui est peut-être la cousine d'une fille de notre classe, quelque chose comme ça. Il semble satisfait. Daphné est à l'intérieur avec Sarah et Jérémy. Je le suis. Nous passons devant un petit groupe à l'entrée de la cafétéria dans lequel se trouve Dandurand qui me lance un regard foudroyant. Je prends une grande respiration. Qu'est-ce qu'il fait là, lui ? Je fais mine de l'ignorer, même si j'ai un mauvais pressentiment, et nous pénétrons dans la cafétéria. Je ne m'en fais pas. Nous sommes à l'intérieur de l'école, il n'osera jamais me faire quelque chose ici, pas avec Lucie à côté.

Je ne suis plus à l'école. Les lumières sont éteintes, les tables sont rangées, pliées, entassées le long des murs. Il y a un stroboscope dans un coin, des lumières rouges et bleues qui bougent dans tous les sens. La musique est tellement forte que je n'entends pas ce que Samuel me dit. C'est une des chansons de l'heure, que tout le monde aime, et on dirait qu'il y a dix mille guitares dans la salle. Le centre de la pièce est vide, pourtant on est sûrement une cinquantaine à être présents. Personne ne danse. Il y a des petits groupes dispersés ici et là. Tout le monde regarde tout le monde. Tout le monde me regarde entrer. J'aperçois Dandurand qui entre derrière nous. Je n'aime pas qu'il soit en arrière de moi sans que je puisse anticiper ses gestes.

Nous rejoignons les nôtres. Daphné a mis sa petite jupe, celle qu'elle n'a pas le droit de porter à l'école d'ordinaire. Elle est belle, ma blonde. Je m'approche d'elle, mais, après m'avoir jeté un bref regard, elle me tourne le dos et continue de chuchoter dans l'oreille de Sarah. *Qu'est-ce que j'ai fait encore ?* Jérémy me frappe amicalement l'épaule, me demande où est Alice. Je crois qu'il a encore l'espoir de la ravoir. Daphné et Sarah se dirigent vers la table où la mère d'un élève vend des chips et des rafraîchissements, me laissant seul avec les deux gars. Ils regardent les filles, surtout celles qu'ils ne connaissent pas. Moi, j'ai les yeux rivés sur Daphné qui fait comme si je n'existais pas.

Un des deux amis de Dandurand se dirige vers elle et lui dit quelque chose à l'oreille. J'ai envie de courir jusqu'à eux pour le tasser, pour être avec ma blonde, mais je ne suis pas capable de bouger. La musique m'étourdit et le stroboscope m'empêche de voir comme il faut, mais je crois que je vois Daphné rire, acquiescer.

— Wow!

Samuel donne un coup de coude à Jérémy. Je suis leurs regards. Alice vient d'entrer. Elle a laissé ses cheveux détachés et enlevé son chandail pour ne garder que sa camisole. Ça lui donne un autre air, on dirait presque sa sœur. Elle court vers nous et se met à danser en canard, un sourire aux lèvres, comme si, soudainement, elle allait mieux. Jérémy l'imite, même s'il a l'air con. Je ris, je fais semblant de m'amuser, pour rendre la pareille à Daphné. J'espère qu'elle me voit.

Le stroboscope s'éteint et une chanson lente s'annonce dans les haut-parleurs au moment même où des centaines de petites lumières se mettent à tournoyer partout autour de nous.

— Tu danses pas avec Daphné? me dit Alice dans l'oreille.

Je me retourne. La piste de danse se remplit tranquillement de couples qui s'enlacent et tournent sur eux-mêmes, coupés du monde. Alice qui vient de partir avec Samuel,

Jérémy avec une fille de cinquième. Je veux le faire aussi, mais quand je vois Daphné, elle ne se dirige pas vers moi. Elle me regarde et Dandurand la prend dans ses bras. Benoît Dandurand... elle danse avec mon pire ennemi.

Sarah vient vers moi et me demande de danser avec elle. Ses bras autour de mon cou, je sens l'odeur de ses cheveux, de son parfum. Elle met sa tête sur mon épaule et nous tournons au rythme de la musique. Ce serait parfait en temps normal, mais je ne peux arrêter de voir Dandurand et Daphné. Elle a ses mains sur ses fesses. Qu'est-ce que je fais là? Pourquoi suis-je venu ici? La chanson ne finit jamais. Je n'ai plus envie d'être là, je n'ai pas envie de danser avec Sarah. Je veux être dans mon autre vie, dans mon film. Je veux être avec Daphné. Je veux que Dandurand disparaisse. Je n'ai aucune idée de ce que la chanteuse raconte dans sa chanson, mais j'ai l'impression d'être aussi triste qu'elle. J'ai le goût d'aller les séparer et de dire tout ce que je sais sur Dandurand à Daphné, elle trouverait ça tellement drôle qu'elle n'oserait plus jamais danser avec lui.

Les derniers accords de guitare se taisent et quelqu'un rallume le stroboscope. Une chanson connue démarre et tout le monde se met à bouger. Je me sépare de Sarah et je sors de la cafétéria. Je me sens trahi. Humilié. Je me sens mal. Jamais je ne me suis senti comme ça. C'est écœurant.

C'est dégueulasse.

Je m'effondre dans le corridor, je ne veux plus voir personne. Je vais sans doute appeler ma mère plus vite que prévu. Pourquoi resterais-je ici de toute manière? J'entends la musique au loin, les autres qui s'amusent, qui jouent à être plus vieux. Moi, je ne joue pas, je n'ai plus envie d'être comme eux si c'est ce que ça donne. Personne ne vient me voir, personne ne s'est aperçu de mon absence, tout le monde s'en fout, tout le monde me hait.

C'est dégueulasse!

Je me lève et me dirige vers Lucie, je veux téléphoner, je veux m'en aller d'ici.

— Victor, t'étais où? Je te cherchais partout.

C'est Alice. Derrière elle, au loin, Dandurand est accoté sur le mur du corridor et me regarde avec un grand sourire de victoire rempli d'arrogance. Je me retiens pour ne pas me lever et aller le démolir.

— Je vais m'en aller, je pense.

— Pourquoi? On vient juste d'arriver.

Je hausse les épaules. Je n'ai pas envie de lui dire, pas envie d'en parler. Je n'aurais jamais dû venir ici pour commencer, jamais dû embrasser Daphné, jamais dû penser que c'était plus simple d'être comme tout le monde. C'est pire.

— C'est à cause de Daphné, c'est ça? Elle est conne, laisse-la faire.

Elle me dit de l'attendre, qu'elle va partir aussi si je m'en vais. Elle n'est pas obligée, je lui assure qu'elle devrait rester, mais elle insiste. Je vais appeler ma mère pendant qu'elle va chercher nos manteaux.

— Tu t'en vas déjà? me demande Lucie.

— Oui, je suis fatigué, puis c'est plate de toute façon.

Elle fronce les sourcils. Je déteste quand elle fait ça, comme si elle me connaissait plus qu'elle ne le laissait paraître. Je n'ai pas le goût de lui parler. Ce n'est pas mon amie après tout, c'est mon professeur, c'est une adulte. Content de voir Alice revenir, je dis au revoir à Lucie en évitant son regard et je me précipite dehors.

L'air est frais, mais ça sent le printemps, ça sent la neige qui fond. Ça m'apaise. Le silence. Alice. La pleine lune sur l'asphalte mouillé donne à la cour d'école des allures de patinoire. Je m'adosse au mur en regardant la rue, en priant ma mère d'arriver au plus vite. Alice ne dit rien, elle fredonne. Je décide de lui dire mon secret, celui que je garde pour Dandurand depuis l'été dernier.

— T'as l'air d'aller mieux que tantôt, toi?

— Bof. Pas vraiment. C'est pas grave.

— Qu'est-ce qui se passe?

Alice soupire.

— Ça ne va pas trop bien chez nous, mes parents s'engueulent tout le temps, j'ai de la misère à dormir.

Le silence. Ce n'est pas le moment de l'embêter avec mes secrets, avec notre plan quasi inexistant maintenant. Le bruit des pneus sur la neige, les phares de la voiture. Je voudrais lui dire quelque chose avant de partir, mais qu'est-ce qu'on dit à sa meilleure amie quand elle ne va pas bien ? Alice me regarde et me fait signe que tout va bien aller. Je ne la crois pas. Elle est triste. Si j'avais su…

Elle m'embrasse sur la joue.

— Bye, Victor. Appelle-moi.

Je monte dans la voiture, laissant Alice seule dans la cour d'école. Je me sens triste. Égoïste. J'étais trop pris par mes problèmes, par Daphné, par Dandurand. J'aurais dû lui demander plus tôt. J'aurais dû insister. J'aurais dû…

— C'était le fun la danse ?

Je ne dis rien. Je regarde les maisons défiler dans la noirceur.

Chapitre Dix

Tsunami

Je suis con.

Alice m'avait dit de ne pas réagir, de ne rien faire, de rester là, les yeux fermés, les poings serrés et de faire comme s'ils n'existaient pas. Serre les dents, Victor, ignore-les.

Longtemps, ça ne m'a rien fait. Ma grand-mère disait tout le temps que ceux qui écœurent le monde sont mal dans leur peau, qu'il faut les prendre en pitié. Je l'ai cru, je suis con. Dandurand n'est pas du tout mal dans sa peau. Il la maîtrise, comme un art. Sa peau est en parfait synchronisme avec son esprit. Sa peau pue la méchanceté à plein nez, la mesquinerie. Si le mal existe, il s'est incarné en lui, j'en suis certain. Il est déshumanisé. Je le déteste.

Comme un chasseur, il m'a détecté comme une proie facile. J'étais nouveau, moche, sans amis et plus doué que lui. Même moi, je m'aurais repéré à des kilomètres à la ronde. L'odeur de mon désespoir a dû empester l'école au grand complet. J'étais jeune. J'ai changé. Alice m'a changé. Comment n'a-t-il pas vu que je n'étais plus du matériel à bourreau?

Je fixe le mur de fausses briques, peint en vert pâle. Au lieu de m'apaiser, ça me donne envie de crier. Mon cœur s'est quelque peu calmé, voilà une chose de faite. Ma lèvre inférieure m'élance toujours, mais, avec un peu de chance, personne ne remarquera l'enflure. J'ai mal partout, je voudrais être dans ma chambre, écouter de la musique à tue-tête pour étouffer la rage qui m'enveloppe, pour l'éloigner.

J'entends Pierre, le directeur du deuxième cycle, qui parle au téléphone dans le bureau. Je supplie le ciel que ce ne soit pas ma mère à l'autre bout du fil. Je ne veux pas qu'elle le sache. Je ne veux pas devoir l'affronter, elle aussi. Pierre, ça passe. Lucie, ce fut un peu plus difficile. Ma mère, jamais. Ne serait-ce que pour ne pas apercevoir son air désapprobateur, la déception dans ses yeux. Je veux m'enfoncer dans le plancher, disparaître, m'enfuir très loin, là où plus personne ne me reconnaîtrait. Je veux sortir d'ici. Prendre l'argent qu'Alice et moi avons amassé et partir, n'importe où, en ville, aux États-Unis, dans le désert. Peu m'importe, j'en ai assez enduré. Il fait chaud, je suis sale, je suis inconfortable, je sue et mes os me font sentir leur mécontentement.

* * *

Le monde courait partout, ça sentait le printemps. Le soleil frappait de plein fouet l'asphalte mouillé et les bancs de neige diminuaient de plus en plus. L'hiver ne tire pas à sa fin, mais aujourd'hui, c'était tout comme. Alice et moi étions assis à notre place habituelle, adossés au mur de l'école. On faisait des plans pour le week-end qui allait commencer l'après-midi même. Trouver un moyen de faire de l'argent, du porte-à-porte pour un voyage étudiant inexistant, ramasser des bouteilles vides. Des plans totalement infaisables, mais qui nous faisaient rire. C'est tout le temps comme ça avec Alice ; on entre dans notre bulle et on s'invente des vies.

BANG ! J'ai été aveuglé, aveuglé par la douleur lancinante qui m'a frappé en plein visage, par le bruit sourd du caoutchouc sur mon crâne. J'ai entendu le son d'un ballon qui rebondit s'éloigner de moi, mais la lumière éclatante voilant mes yeux m'a empêché de voir quoi que ce soit. Les rires. J'ai entendu les rires. Le visage endolori, des aiguilles dans la peau, je suis revenu à la réalité à temps pour voir Dandurand saisir le ballon de basket en me défiant du regard. Alice a crié.

— Hey, Dandurand ! Fais donc attention !

Devant Alice. Il a fait ça devant elle, devant tout le monde. Je me suis senti trahi. Je me suis senti comme un moins que rien. Un objet. Un sentiment dégueulasse. L'envie de pleurer, de crier, de me sauver, d'être ailleurs, de reculer le temps et d'attraper le ballon d'une main, sans même regarder. *Es-tu correct ?* Je lui ai fait signe que oui sans être capable de le dire. Le silence nous séparait maintenant et je ne pouvais faire autrement que de regarder autour pour voir qui l'avait vu. Qui d'entre eux savait ce que j'étais vraiment. Tous s'en balançaient, perdus dans leurs jeux, dans leurs conversations. Pourtant, j'avais honte.

Je sentais mon cœur battre jusque dans mes joues, dans mes mâchoires. J'ai essuyé mon visage avec ma manche de manteau. La chaleur du sang qui me montait à la tête gagnait son combat avec le froid de la saleté et de l'humidité du ballon. Je me suis retourné vers Alice.

— Il est tellement con, lui. Je l'haïs.

BANG !

Plus fort. La même douleur, le même ballon, la même personne. Une fois, ça peut être un accident. Deux fois, c'est intentionnel. Devant Alice. Devant tout le monde. Mais cette fois, mes yeux étaient habitués à la douleur. Mon cerveau, engourdi par le résonnement de l'attaque, a mis quelque temps à réagir, puis ça s'est fait instantanément.

Dandurand est apparu dans mon champ de vision, arrogant, souriant, me défiant de plus belle. J'ai hurlé. *Hey !* Mon cri a fait écho sur la brique beige de l'école et j'ai senti tous les élèves s'arrêter. Le temps s'est arrêté. J'ai vu rouge, noir, j'ai vu ma haine se matérialiser devant moi et, pendant un instant, je me suis vu en train de me lever. Je ne contrôlais plus rien, ni ma tête, ni mon corps. C'est comme si j'étais guidé par une force inconnue qui avait pris possession de mes moyens. J'ai sauté sur lui, j'ai bondi. Il n'a pas réagi, il a figé, il ne s'attendait pas du tout à cela et ça m'a donné encore plus de pouvoir, encore plus le goût de lui faire mal. *Vas-tu arrêter?* J'ai vu noir. Je l'ai frappé en plein visage. Je n'avais jamais frappé personne. Ça fait mal aux os. La peur s'est installée dans son regard. Je l'ai méprisé encore plus. Il a essayé de se débattre et le bout de sa main m'a atteint. *Arrête, j'ai dit!* Je l'ai frappé encore. Encore. J'ai senti qu'on me tirait par-derrière, mais mon corps était lancé vers lui, il refusait d'arrêter. Mes bras battaient l'air pour l'atteindre. Souffre, Dandurand, souffre. Je te hais, je te déteste, je t'haïs! Le noir. Je ne voyais plus rien, mes yeux étaient remplis de larmes, de rage. Dépossédé de ma conscience, je continuais à me battre en hurlant ma haine, en le traitant des pires noms que je connaisse. Ils étaient maintenant trois à me retenir, à m'éloigner de ma cible. Lui, consterné, n'a rien osé faire. Il est resté par terre à me dévisager, à moitié apeuré, à moitié amusé. J'ai vu quelques professeurs arriver en courant, repoussant la foule d'élèves qui nous avaient encerclés. J'ai cessé de me débattre et j'ai repoussé mes camarades. Alice refusait de me laisser aller. *Lâche-moi!* Je lui ai lancé des couteaux avec mes yeux et elle a défait son emprise en reculant, comme si elle avait eu peur de moi. Lucie a crié mon nom. À bout de souffle, je l'ai défiée du regard, mon visage ravagé par la colère. Mon corps tremblait.

Elle m'a saisi par le bras et m'a traîné à l'intérieur pendant que Chloé allait rejoindre Alice, l'air effrayé. Avant d'entrer à l'intérieur, j'ai aperçu Samuel. Il avait l'air déçu que la bataille ait pris fin. À ses côtés, Daphné se tenait accotée sur Sarah. Elle avait l'air de trouver ça très drôle. Discrètement, sans que Lucie s'en aperçoive, je lui ai exposé mon majeur dans toute sa splendeur et j'ai continué de suivre mon professeur, la tête haute.

* * *

Je ne sais pas ce qui m'a pris. Je suis con. Je n'ai pas pu m'en empêcher. Je me sens tout de même un peu mal. Même si je considère que je ne mérite pas le traitement qu'il me réserve, le véritable problème réside en ce que je sais sur lui. Ce savoir que personne d'autre ne possède, du moins pas à ma connaissance. Je sais pourquoi il est sans arrêt sorti des cours, les raisons de son attitude de merde. Ce n'est pas pour voir le directeur, c'est pour voir le travailleur social, une espèce de grand homme noir en complet cravate qui vient toutes les semaines pour parler avec les «jeunes en difficulté». Je me suis tu trop longtemps. Pour le sauver de l'humiliation que lui-même me faisait vivre, par respect, parce que je ne souhaite ça à personne.

L'été dernier, j'étais souvent avec Samuel parce qu'il me faisait rire. D'autant plus du fait que son père venait de faire poser une piscine hors-terre de luxe et qu'il m'invitait sans arrêt à aller jouer au volley-ball dans l'eau avec lui. En plus, depuis que ses parents ne sont plus ensemble, sa mère le couvre de toutes les consoles imaginables, alors, les jours de pluie, quand mon ordinateur devenait banal, c'était toujours une bonne option d'appeler Samuel. Alice venait de temps à autre avec moi, parce qu'elle s'entend bien avec lui.

Benoît Dandurand habitait près de chez Samuel, je l'ai découvert cet été-là. Une vieille maison, pas très jolie, très laide en fait, la pire du quartier. Ce n'est pas mon genre de juger, mais je me rappelle ma grand-mère qui faisait fréquemment le commentaire quand nous passions devant. Je le sais parce qu'un jour où il faisait une chaleur épouvantable, à faire fondre les modules de jeu dans les parcs, je me rendais chez Samuel et je l'ai aperçu.

Il ne m'a jamais vu. J'ai tourné le coin et j'ai entendu des cris. Pas des hurlements d'affolement ou de peur ; des cris de colère, des insultes étouffées par la chaleur et l'humidité qui sortaient de cette maison-là. Salope. Vache. Chienne. J'ai pressé le pas, un peu par méfiance, mais surtout par réflexe. C'était trop violent, trop réel. Je n'avais jamais entendu de telles choses auparavent. Lorsqu'un grand fracas a retenti, comme si la maison venait de s'écrouler, quand un hurlement de femme a résonné dans la rue, j'ai sursauté et, d'instinct, j'ai regardé en direction de la maison. C'est là que j'ai vu Dandurand en sortir et s'effondrer sur la première marche du balcon, les mains sur son visage, le corps hoquetant de sanglots. Je me suis mis à courir pour l'éviter, mais l'image m'est restée en tête, le sentiment bizarre que je ne pourrais plus jamais le voir de la même manière après ce jour-là. Je me suis gardé d'en parler à Samuel, même à Alice, quelque peu honteux d'avoir été témoin d'un moment malheureux. Quand grand-maman est morte, je ne suis pas certain que j'aurais aimé qu'on me voie dans cet état et qu'on aille le divulguer à n'importe qui.

Les semaines qui ont suivi, le calme plat s'est installé au coin de cette rue, tellement que j'ai cru que, peut-être, la famille Dandurand avait déménagé. Jusqu'au jour fatidique... Je revenais de chez Samuel, à cheval sur mon vieux vélo et j'ai remarqué qu'il y avait plusieurs personnes sur le pas de leur porte, ou tout simplement plantées immobiles dans leur entrée de garage. Ils regardaient tous dans la même direction : vers la maison des Dandurand. Je me suis arrêté à côté d'une dame qui regardait la scène en pantoufles, une main sur la bouche, attristée. Mon cœur s'est mis à battre rapidement. Incapable de ressentir quoi que ce soit, j'ai juste regardé le spectacle avec appréhension, comme j'aurais regardé un film d'horreur. Mi-amusé, mi-pétrifié. Triste.

Bien qu'il fasse jour, les gyrophares de la voiture de police stationnée dans l'entrée des Dandurand dansaient sur les maisons aux alentours. Je me suis senti mal de regarder, mais à voir les gens autour, je me suis dit que c'était normal, que je n'étais pas le seul à être curieux. Dans la rue, en face de la maison, se trouvait une vieille voiture rouge sur laquelle était adossée une femme avec des lunettes de soleil fumant une cigarette. Un policier se tenait près de la porte de la maison par laquelle volaient toutes sortes d'objets. Des lampes, des disques, des cadres, des morceaux de linge. D'où j'étais, je pouvais entendre les cris de l'homme qui devait être le père de Benoît. *Ben, c'est ça, pousse-toi, maudite folle !* La mère de Benoît est sortie de la maison avec celui-ci, accompagnée par une policière. Elle était courbée sur elle-même et tenait une énorme valise dans une main, couvrant sa face de l'autre. Elle ne se cachait pas totalement et les ecchymoses fraîches sur son visage étaient visibles, malgré la distance. Dandurand traînait derrière sa mère, clairement abattu, les yeux rougis par le chagrin et la colère. La honte. J'avais honte pour lui. Ça m'a rendu terriblement triste de le voir comme ça, beaucoup plus que la dernière fois. Pourtant, je restais là, en état de contemplation, comme si je n'arrivais pas à détourner le regard.

Le policier a dû retenir son père qui continuait de hurler des insanités dans le dos de sa mère en lambeaux et qui menaçait de lui sauter dessus, le poing en l'air comme un révolutionnaire. La policière a escorté sa mère jusqu'à la voiture rouge tandis que la femme aux lunettes fumées déposait la valise dans le coffre avant de jeter sa cigarette en direction de l'homme dans la porte qui continuait de crier à corps perdu. À part aux nouvelles, je n'avais jamais vu pareil drame se dérouler devant mes yeux. C'était d'autant plus éprouvant que je connaissais le protagoniste de l'histoire puisqu'il était mon bourreau depuis deux ans. Un malaise épouvantable.

Avant d'entrer dans la voiture, Dandurand a levé la tête bien droite, les sourcils plissés par l'orgueil, et a arpenté la rue, défiant les curieux qui osaient admirer le spectacle. Son regard a transpercé mon corps et il l'a soutenu avec une haine que je ne lui avais jamais vue. J'ai vu Benoît Dandurand détruit par l'humiliation et la tristesse. Puis il est entré dans la voiture qui a démarré presque aussitôt. Peu à peu les gens sont rentrés chez eux, mais moi je suis resté là, figé par ce que je venais de voir, par le regard haineux, rempli de larmes, de Dandurand. Je suis descendu de mon vélo et j'ai marché jusque chez moi, pour digérer ce dont je venais d'être témoin.

J'ai compris d'où il venait ce jour-là. Pourquoi il était si colérique. Ça n'excuse rien, mais j'ai gardé le silence. Parce qu'il avait déjà eu son humiliation, il l'avait déjà vécue. Ce n'est pas le genre de choses qu'on s'amuse à raconter de toute manière. Mais Dandurand savait très bien que j'avais été là, que j'avais vu et entendu, que je connaissais maintenant un peu de sa vie que je possédais et gardais dans ma poche.

C'est peut-être pour cette raison qu'il a continué à m'écœurer. Ça a même empiré. Toujours accompagné de ses acolytes, il m'attaquait par-derrière, dans des endroits où personne ne pouvait nous voir. Il a même réussi à ruiner les jeans neufs que ma mère m'avait offerts. Évidemment, j'ai dit à ma mère que j'étais tombé dans le parc en jouant avec Alice, ce qui n'a fait qu'accentuer l'amertume qu'elle cultivait envers mon amie. Un imbécile, voilà ce que je suis. Je l'ai laissé gagner. Je ne sais pas pourquoi. Par pitié peut-être.

Mais la pitié a fait place à la peur. La paranoïa. Je le fuyais. Si je devais rentrer à la maison immédiatement après les cours, je me précipitais hors de l'école en courant afin de l'éviter. J'hallucinais, je le voyais partout, je l'imaginais défonçant la porte de ma maison pour venir me cogner dessus. Pourtant, j'étais aussi grand que lui, aussi vieux, j'aurais pu lui en foutre une, moi aussi. Je figeais, sans aucune raison. Un malaise immense prenait place dans mon corps et je ne pouvais que me laisser faire, confronté à ma propre honte. Inutile d'essayer de me défendre, je me laissais battre, fermant les yeux, attendant qu'ils en aient fini de moi, maudissant la vie de m'avoir mis sur sa route.

Je suis stupide. Je n'en ai glissé un mot à personne, pas même à Alice, qui le savait de toute manière. Elle ne les avait jamais vus faire, parce qu'elle les aurait arrêtés, parce qu'ils n'auraient jamais osé devant elle. Dandurand aime bien Alice, je crois même qu'ils se sont déjà embrassés à une danse. Avec elle, je suis en sécurité, je suis quelqu'un à l'école. Je suis chanceux de l'avoir comme amie, même si elle ne m'embrassera jamais, moi. Plus aucune fille ne m'embrassera. Je suis moche, je me sens moche.

J'entends la porte du bureau du directeur qui s'ouvre. Dandurand en sort. Il n'ose pas me regarder. Il a l'air tout petit avec son sac de glace sur le visage. Le même sentiment m'envahit de nouveau, mais je le maîtrise mieux. C'est vrai qu'il a l'air mal dans sa peau. Ça lui apprendra !

— Victor ? Tu peux entrer maintenant.

Je baisse les yeux et je pénètre dans le bureau du directeur. Je suis prêt à ce qui m'attend. Peu m'importe, je ne peux plus reculer. Pierre m'ordonne de m'asseoir. Aucune colère ne paraît dans sa voix. J'ai quasiment l'impression d'être dans le bureau d'un psychologue. Il se met face à moi, derrière son bureau. Il reste debout. Je ne le regarde pas. Je joue la carte de la honte, de la désolation.

Il me dit qu'il est déçu, que ça ne me ressemble pas de faire des choses comme ça. Il me demande si tout va bien chez moi, s'il s'est passé quelque chose. Je lui mens. Il parle de Dandurand et de sa situation difficile. Il joue au confident, ça m'énerve. Je sais déjà tout ça. Il me dit qu'il ne veut pas que ça se reproduise. J'acquiesce. Il dit qu'il devra avertir mes parents, qu'il n'a pas le choix, que c'est la politique de l'école, qu'il suggérera à ma mère de me punir. Je fais pitié, je lui dis que je comprends, que je ne sais pas ce qui m'a pris. Intérieurement, je souris. Je suis satisfait. Selon moi, il le méritait, malgré tout. Pierre me redemande si tout va bien, si j'ai envie de lui parler. Je lui réponds que non. De toute manière, ça ne regarde personne.

Je ne veux pas qu'il sache que Daphné m'a laissé.

Chapitre Onze

Ouragan

C'est compliqué ce qui m'arrive, ce qui se passe en moi, et ça, ma mère ne pourra jamais le comprendre. Qu'est-ce qu'elle connaît de moi? Rien. Pourtant, elle continue de me dicter ce qui est bien pour moi et ce qui est mal, elle continue d'être sur mon dos sans arrêt. J'ai beau lui dire que je ne vole plus, que je ne fume plus, que je ne me battrai plus, elle continue de douter. C'est énervant.

Je suis déprimé. Frustré. Je monte le volume et je pars dans la musique. Elle m'emporte loin, dans mon autre vie, celle que je ne peux m'empêcher de rêver. Je me vois déjà dans l'autobus avec Alice. Ça approche de plus en plus vite et nous en sommes à mettre la touche finale à notre plan de revanche parentale. Si tout va bien, quelques jours après notre dernière journée d'école, nous allons prendre la poudre d'escampette. Ensemble, nous allons filer vers la ville pour quelques jours, donner une frousse épouvantable à nos parents, mais vivre intensément, libres. Avec l'argent amassé au cours de l'année, on a de quoi vivre quelques jours. On pourrait même se payer un hôtel si on continue à ramasser les canettes et les bouteilles vides dans les bacs de recyclage au rythme où on le fait. Si ça fonctionne dans les films, pourquoi pas pour nous?

— Victor! Baisse le son!

Des ordres. Toujours des ordres. Je l'ignore. Si elle vient, je lui dirai que je ne l'avais pas entendue. J'ai le droit, moi aussi, d'écouter de la musique, de vouloir la paix!

— VICTOR!

J'arrête la musique et je sors de ma chambre. Je l'affronte.

— QUOI?

Elle me dévisage.

— Téléphone… puis réponds-moi pas de même quand je te parle, O.K.?

Alice veut que j'aille la rejoindre au parc, à la même place que d'habitude. Ma mère ne veut pas, elle veut qu'on aille magasiner, elle veut m'acheter des nouveaux vêtements pour l'été qui arrive.

— Vas-tu m'appeler en revenant?

Sa voix est petite, ses silences sont interminables. Elle m'assure qu'elle va bien. Elle n'est pas convaincante, mais je ne suis pas d'humeur à deviner ce qu'elle a, ni à parler au téléphone. Je vais la rappeler plus tard, je n'ai pas le temps. Je raccroche.

— Tu sais, Victor, ce n'est pas pour moi que je vais magasiner, c'est pour toi. Tu pourrais au moins avoir l'air content.

Elle a raison. C'est plus fort que moi, je suis incapable d'être de bonne humeur aujourd'hui, même s'il fait soleil, même si elle va m'acheter du nouveau linge. Si l'été pouvait arriver pour de vrai, si l'année pouvait se terminer une fois pour toutes, je n'aurais plus à penser à Daphné, à Dandurand, à tous ces cons dans ma classe qui ont arrêté de me parler aussi vite qu'ils ont commencé. Si c'est comme ça des amis, eh bien, je n'en veux plus jamais. Il n'y a pas que ça. C'est compliqué la vie.

— Je sais, je m'excuse.

* * *

Je ne veux pas sortir de la cabine d'essayage. Le pantalon que ma mère m'a fait essayer est non seulement horrible, mais beaucoup trop petit. Je l'enlève. Mon reflet m'observe comme si j'étais sorti de nulle part, comme s'il ne me connaissait pas. C'est vrai que je change, que je grandis. Je n'avais jamais remarqué mes jambes, à quel point elles sont longues ni le duvet qui les recouvre désormais.

— Puis? Est-ce qu'ils te font?

Je lui crie que non à travers la porte. Je remets mon pantalon et le descends en bas de ma taille. Mon reflet est découragé. Même en les descendant le plus bas possible, ils sont trop courts. Je sors rejoindre ma mère, encore plus de mauvais poil qu'avant d'entrer.

— Sur tout ce que t'as essayé, il n'y a rien qui faisait?

— Ben non!

Je déteste magasiner, je déteste le faire avec ma mère qui me force à essayer tous les pires morceaux du magasin. Je lui fais la gueule, je suis tanné, fatigué, je veux m'en aller. Elle soupire, elle prend son air supérieur, comme d'habitude. Seulement, je ne peux pas l'éviter parce qu'on n'est pas à la maison. Elle me sermonne. Oui, je suis difficile, oui, je suis de mauvaise foi, oui, je suis tout ce qu'elle veut, je m'en fous, elle a raison. Elle aura toujours raison de toute manière. Elle me dit de faire un effort. Un effort… c'est tout ce que je fais, des efforts, mais elle ne le voit pas.

Nous retournons vers la voiture, une paire de jeans dans un sac. C'est la seule qui ne m'allait pas trop mal. Je boude. J'aurais voulu autre chose. En refermant sa portière, ma mère a la respiration rapide, sonore.

Elle pleure. Je fais pleurer ma mère.

— Qu'est-ce qu'il y a, maman?

D'une main, elle essuie les larmes qui coulent sur ses joues. Son visage est rouge, elle a l'air de combattre quelque chose. Elle lance des soupirs, essaie de respirer normalement, mais les larmes tombent sans qu'elle puisse les retenir. Je lui tends un mouchoir.

— C'est correct, Victor, c'est rien.

Je fais pleurer ma mère.

Elle démarre l'auto et allume la radio. On roule, en silence. Je me sens mal. Mal de la voir dans un état pareil et mal que ce soit de ma faute. Qu'est-ce que ce sera si je disparais?

— Tu sais, Victor, ton père et moi, on fait tout pour toi, pour que tu sois heureux. T'as jamais l'air content, tu me réponds tout le temps bête, puis ça, c'est quand tu me réponds. Je ne sais pas ce que je fais de pas correct, mais je suis écœurée, Victor. Va falloir que ça change parce que je ne suis plus capable… Tu peux me parler, tu sais, je suis là pour toi. Ton père aussi, même s'il n'est pas tout le temps là…

Sa voix se brise.

Arrête de pleurer, maman.

Rien. Rien ne sort de ma bouche, pas un son, pas une excuse. J'ai mal au cœur. Je veux arriver à la maison, briser le malaise pesant dans la voiture, briser la radio pour que la musique arrête de refléter ce que je ressens.

Le téléphone sonne, on l'entend de l'autre côté de la porte. Je dépasse ma mère et réponds. C'est Alice. Elle va mal. Tout va mal, tout est compliqué. J'ai hâte que la journée se termine, hâte que ça s'efface. Je regarde ma mère qui me fait signe que je peux y aller du dos de la main.

* * *

Je cours à toute allure, j'ai chaud. La rue est déserte et le seul son que j'entends, mis à part mon cœur qui bat dans mes oreilles, est le son de mes pas sur l'asphalte bouillant. *J'arrive, Alice, je m'en viens.*

Je ne sais pas ce qu'elle a, je m'inquiète. Ce n'est pas son genre de pleurer, encore moins de m'appeler pour que je la retrouve le plus vite possible. Si c'est quelqu'un qui lui a fait de la peine, je le jure, je vais le casser en deux. Je ne tolérerai pas qu'on fasse du mal à Alice, pas tant que je serai son meilleur ami.

Le vent chaud me fouette le visage, ça sent l'été aujourd'hui. Chaque fois que j'inspire, ça brûle. Mais je suis presque arrivé. *Rencontre-moi à la même place que d'habitude.* Elle n'est pas derrière la boîte électrique sur laquelle je m'appuie pour reprendre mon souffle.

— Victor !

Je contourne la boîte et je l'aperçois sur le module de jeu jaune à l'autre bout du parc. Je soupire un bon coup et je cours la rejoindre, à toute vitesse. En deux temps, trois mouvements, j'ai grimpé sur le module et je m'écroule à ses pieds, essoufflé.

— T'as fait ça vite !

Je la regarde en essuyant la sueur sur mon visage. Elle est assise, adossée sur la poutre de la glissade, et elle fume une cigarette du paquet que j'avais volé à ma grand-mère. Elle me sourit et me la tend. Je fronce les sourcils et lui fais signe que non, pas aujourd'hui. Ça ne m'intéresse plus de fumer. C'est con. C'est inutile. J'attends qu'elle parle, qu'elle dise quelque chose, mais elle reste impassible. Typique.

— Qu'est-ce que t'as? que je finis par lui demander.

Elle hausse les épaules. Le visage fixé sur l'horizon, évitant mon regard, elle me répond :

— Rien, c'est pas grave, c'est fini.

Je n'arrive pas à le croire. Il y a à peine dix minutes, elle m'a appelé en pleurant, en me suppliant de venir la voir, en me convainquant de venir immédiatement, et voilà qu'elle refuse de me dire quoi que ce soit.

— Hey, Alice, prends-moi pas pour un con, là. Je sais qu'il y a quelque chose.

— Ben non, je te le dis… c'est correct.

Je me lève et je m'élance sur la glissade. Je fais un bond et je retombe, les deux pieds enfoncés dans le sable.

— Où tu vas?

— Ben, je m'en vais, si tu ne veux pas me parler.

Je suis fâché, lassé de son attitude. Elle est toujours comme ça, distante, au-dessus de tout ce qui se passe, inébranlable. Détachée. J'ai l'impression qu'elle joue un rôle, qu'elle ne me dit pas tout, qu'elle me ment en pleine face. C'est insultant.

Elle se lève et glisse à son tour pour venir me rejoindre. Je croise les bras.

— Je m'excuse, Victor. Je ne voulais juste pas être toute seule… Mes parents nous ont annoncé qu'ils se séparaient aujourd'hui.

Je suis con. Encore une fois, Alice me renvoie mon égoïsme en pleine face. Elle a les yeux pleins d'eau et j'oublie tout, je la prends dans mes bras. Je la laisse pleurer sur mon épaule.

— C'est niaiseux. J'étais tannée qu'ils s'engueulent, mais ça me fait de la peine quand même. Je sais pas ce qui va arriver avec la maison, ni où je vais aller habiter… je sais même pas si on va pouvoir partir ensemble à la fin de l'année.

J'essaie de ne pas penser à moi, de ne pas me dire que je ne veux pas qu'elle s'en aille. J'essaie de ne pas me mettre à sa place, de ne pas penser à mes parents. J'essaie de me dire que c'est triste pour elle, et pourtant, je ne sais pas ce que ça fait, comment on se sent quand nos parents se séparent. Je l'écoute. Je suis avec elle.

Je suis avec elle, comme elle a toujours été là pour moi, pour me sortir de mes malheurs, de mes peines. Pour me soutenir. Aujourd'hui, c'est à mon tour de jouer à la béquille, d'être plus fort. Ça me fait bizarre de la voir aussi détruite, de devoir jouer son rôle.

Je lui dis que ce n'est pas grave pour cet été, on aura le temps de partir, on a l'argent. Quand je lui dis ça, elle me tend une enveloppe avec nos économies. Je dois la garder au cas où elle devrait partir vite. J'essaie de ne pas penser au pire, de me dire qu'elle va rester tout près, même si ses parents ne sont plus ensemble, mais j'ai peur.

Je ne peux pas rester, il faut que j'aille souper. Avant de partir, Alice me remercie d'être venu et me tend le paquet de cigarettes. Hésitant, je le regarde.

— Jette-le.

— T'es sûr? me répond-elle en souriant.

— Tout à fait…

Elle le lance dans la corbeille la plus proche. Ça aura été drôle le temps que ça a duré, mais ce n'est pas moi, ça. Je l'ai fait parce qu'elle le faisait, parce qu'elle le voulait, mais je n'y ai jamais vraiment pris goût. Je voulais juste être un peu cool.

Je rentre à la maison, surpris d'avoir réagi ainsi.

Je m'en fous.

C'est compliqué.

* * *

— Je m'excuse, maman.

C'est sorti tout seul, entre deux bouchées. J'avais besoin de lui dire quelque chose, besoin que ça sorte. Ça m'a fait quelque chose quand Alice m'a annoncé que ses parents se séparaient, comme si ça avait allumé une petite lumière dans ma tête. J'ai réalisé, en revenant ici, à quel point j'étais chanceux, même si ça ne fonctionne pas toujours comme je le voudrais, même si ma vie est loin d'être celle que j'imagine vivre. Au moins, j'ai mes deux parents sous le même toit, deux parents qui s'aiment. J'ai tout ce dont j'ai besoin. J'ai saisi aussi que ma mère avait sans doute vraiment raison. J'étais tellement convaincu d'être invisible que je le suis devenu. J'ai voulu l'être tellement que j'ai pensé partir, juste pour voir si elle s'en rendrait compte. Je n'ai jamais eu l'intention d'être un mauvais fils. Je croyais juste avoir une mauvaise mère. L'annonce du départ probable d'Alice est venue chambouler mes plans. De toute manière, je ne sais même pas si nous aurions eu le courage de le faire vraiment…

— Je m'excuse d'avoir été méchant. Je m'en rendais pas compte.

— C'est correct, Victor.

Je lui ai fait mon plus beau sourire, celui qui veut dire que je l'aime. Elle me l'a rendu.

Je suis soulagé maintenant. Je me sens moins mal.

Chapitre Douze

Bouées de sauvetage

Le bâtiment est tellement petit du haut de mes « presque treize » ans. Je ne reviendrai plus jamais ici, à part si je dois me rendre chez Alice… si elle reste toujours là. Lucie vient me rejoindre. L'école nous hypnotise. Elle ne reviendra pas non plus, elle ne faisait que remplacer l'enseignante habituelle pendant son congé de maternité.

— Qu'est-ce que tu vas faire ? lui ai-je demandé.

— Je sais pas… je vais sûrement trouver une autre école qui a besoin d'un prof.

Soulagé mais triste en même temps, je photographie l'image de mon école primaire dans ma tête. Je ne l'oublierai jamais, cette maudite école. Étrange comme je me sens grand et tout petit en même temps… parce que au secondaire, c'est un renouveau, je retombe en première année. Lucie pose une main sur mon épaule.

— Victor. Ça m'a fait extrêmement plaisir de te connaître et je te souhaite bonne chance.

Alice et moi, on regarde Lucie faire ses adieux aux quelques élèves qui sont restés pour lui dire au revoir. Chloé verse une larme en la serrant dans ses bras. Lucie la console en lui chuchotant quelque chose à l'oreille avant de prendre sa mallette pour se diriger vers sa voiture. Elle non plus, nous ne la reverrons pas. Un autre chapitre de terminé, un nouveau à entamer. Chloé va rejoindre son amie qui l'attend un peu plus loin. Je la salue de la main. Elle me sourit. Elle a l'air heureuse aussi de quitter le calvaire du primaire. Je me demande ce que me réserve l'avenir, ce qui va m'attendre dans deux mois. Une année complète à attendre ce moment-là, et je voudrais pouvoir retourner en arrière, rester un enfant. J'ai la chienne.

Pour l'instant, je suis en vacances. Plus d'examens. Plus de Dandurand. Plus besoin d'être cool. Il ne me reste que deux mois avant de passer à une autre étape, deux mois à être un enfant. Il faut en profiter. Alice est de mon avis.

— Surtout que je sais même pas encore si je vais pouvoir aller à la même école que toi. Ma mère pense déménager dans le nord.

J'aime mieux ne pas y penser.

Daphné s'en va, main dans la main avec Jérémy. C'est n'importe quoi. Je suis néanmoins étonné de voir que ça ne me fait ni chaud ni froid, comme s'il n'était jamais rien arrivé entre elle et moi. Bien sûr, je me souviens de mon premier baiser avec elle, mais notre histoire aurait dû se terminer là, je crois. J'imagine que j'avais juste besoin de prouver quelque chose aux autres. De me prouver que j'en étais capable. Ça me semble si loin…

Alice s'aperçoit que je suïs perdu dans mes pensées en regardant Daphné s'éloigner.

— Es-tu jaloux?

— Absolument pas! que je lui réponds en m'esclaffant.

En marchant vers la maison d'Alice, on se remémore notre année. Je l'écoute parler et je n'ai pas le sentiment que ce qu'elle raconte nous est arrivé. Je me rappelle notre première cigarette, le temps où j'étais persuadé d'être follement amoureux d'elle. Je l'ai peut-être été, qui sait? Mais aujourd'hui, Alice est comme le prolongement de moi-même, comme ma sœur. Elle connaît tout de moi, je connais tout d'elle. Plus de mensonges innocents, plus de jeu. Elle m'a donné sa force, son courage, son je-m'en-foutisme. Elle m'a sauvé, beaucoup plus qu'elle ne le croit. On se soutient, on se supporte. C'est ma bouée de sauvetage, celle qui me maintient à la surface, qui m'empêche de couler. Je suis la sienne.

Je ne veux pas qu'elle déménage. Je ne veux pas qu'il lui arrive la même chose qu'à moi. J'espère qu'on entrera dans la même école à l'automne, aussi unis qu'aujourd'hui, prêts à affronter tous les Dandurand de ce monde. Je me sens prêt… mais pas sans elle. J'ai déjà perdu Marc, ce serait un comble de la perdre, elle. Si on ne s'enfuit pas ensemble, ça ne me dérange pas vraiment. Ça semble se calmer à la maison et je préfère éviter toute punition qui m'empêcherait de profiter de ma meilleure amie pour le temps qu'il nous reste, peut-être restreint. Reste à savoir ce qu'on va bien pouvoir faire de l'argent. Au dernier compte, nous en étions à presque cent dollars.

— Alice !

On se retourne. C'est Marie-Noëlle, sa grande sœur, qui vient vers nous. Elle est accompagnée d'un gars que je n'ai jamais vu avant. J'imagine que c'est son «fameux» chum dont elle ne cesse de nous parler. En fait, je crois que c'est la seule chose que je sache vraiment sur Marie-Noëlle. Quand elle est devant nous, je l'observe un peu. Si Alice ressemble, ne serait-ce qu'un petit peu, à sa sœur en vieillissant, c'est sûr qu'elle va en faire des malheureux.

— On s'en va faire du skate dans la côte, venez-vous avec nous ?

Alice hésite. Je crois qu'elle voulait qu'on aille jouer au jeu vidéo chez elle avant que ses parents reviennent. Ça me tente, alors j'insiste. Je lui dis que ça va être drôle. En fait, j'ai envie d'être avec sa sœur et son chum. Ils sont cool. Bientôt, nous aussi on va être comme eux.

— Envoye, Alice! On a tout l'été pour jouer au jeu vidéo. L'école est finie, faut célébrer, se faire du fun!

Alice hausse les épaules et accepte. Comme d'habitude, elle s'en fout, ou du moins, si ça ne la tente pas, elle ne le laisse pas paraître du tout. Marie-Noëlle a l'air énervée.

Le gars se présente à moi en me serrant la main. Je me sens important. Je crois bien que c'est la première fois que quelqu'un me serre la main. Il s'appelle Cédric. Il me dépasse d'au moins deux têtes. J'admire ses cheveux longs, les poils qu'il laisse pousser sur son menton. Je me sens petit, mais il me traite en égal. C'est bon d'être vieux.

Marie-Noëlle parle de l'appartement qu'elle va louer après son secondaire cinq, du programme dans lequel elle veut aller étudier. Ça me transporte loin, dans mon autre vie, celle où je suis adulte, libre. C'est tellement loin tout ça. Moi aussi, j'ai hâte de partir en appartement. Je me vois déjà avec Alice au cégep en train de boire du café tout en étudiant. Je les envie. Je me demande s'ils font l'amour ensemble. Me sentant rougir, je chasse les images qui viennent d'apparaître dans mon esprit, je prends la tête du groupe. J'essaie de penser à autre chose. Cédric me rejoint et on parle de tout et de rien, comme si on s'était toujours connus. Je me sens cool. Nous passons devant l'ancienne maison des

Dandurand. Je donnerais n'importe quoi pour qu'il me voie avec eux. Je donnerais n'importe quoi pour que Daphné me voie avec eux.

Arrivé à destination, je me rends compte qu'on s'est beaucoup éloignés de chez nous. Je pense à ma mère qui n'a aucune idée d'où je traîne, qui mourrait juste à savoir où je suis et avec qui. Cédric me dit de ne pas m'en faire et me refile le cellulaire de Marie-Noëlle pour que je puisse avertir ma mère. *Un dernier mensonge. Un dernier et après j'arrête.* Je lui dis que je suis chez Alice, que je vais revenir un peu plus tard pour le souper. Elle est contente que je l'aie appelée pour la prévenir et me remercie. Je me sens mal de lui avoir de nouveau menti, mais elle n'en saura rien. J'ai tout de même un peu peur que lui prenne l'envie folle d'essayer de me joindre chez Alice. Néanmoins, je redonne le téléphone à Marie qui prend son skate dans ses mains et le dépose par terre au bord de la chaussée. Elle nous fait une grimace en riant avant de dévaler la pente, en parfait équilibre sur sa planche. C'est à pic. Heureusement que la rue est déserte.

— C'est pas dangereux, ça?

Cédric se met à rire.

— Mets-en que c'est dangereux, c'est ça qui est le fun!

Alice me rassure en me disant qu'elles font tout le temps ça depuis qu'elle est petite. Marie-Noëlle contrôle sa planche à la perfection et arrive en bas en se lançant vers le côté pour atterrir sur la pelouse du terrain vague qui se trouve à notre gauche. Elle soulève sa planche au-dessus de sa tête et lance un cri de victoire en sautillant. Cédric lui crie qu'il s'en vient la rejoindre, de l'attendre en bas. Il se penche pour mettre sa planche par terre, mais Alice s'interpose.

— Est-ce que je peux y aller avant toi? Je te remonte ta planche après, promis.

Cédric hésite, puis accepte. Il donne sa planche à Alice qui se met à rire nerveusement. Elle a l'air d'un bébé à qui on vient de donner le plus gros suçon au monde, avec son grand sourire. Contrairement à sa sœur, elle s'accroupit sur la planche et s'assoit dessus. Les mains agrippées de chaque côté, elle me lance un coup d'œil et me dit en souriant:

— Regarde bien ça, Victor!

Elle soulève ses pieds et les dépose sur la planche devant elle. Elle descend en hurlant de joie. Elle va vite. Elle est toute petite, Alice. Marie-Noëlle lance des cris d'encouragement en bas, elle saute en frappant dans ses mains. Alice est instable sur la planche, elle dévie de sa route pour aller se planter en plein milieu de la rue, ce qui semble amuser Cédric.

Alice arrive en bas, mais ne peut arrêter. Elle va arriver à l'intersection à une vitesse incroyable. Je vois une auto qui s'en vient vers la droite. Cédric a dû la voir aussi parce qu'il lance un sacre et se met à courir.

Une fraction de seconde…

Je ferme les yeux. Des freins. Un bruit atroce. Alice vole, elle s'envole plus loin. Tout va vite, tout va au ralenti. Elle n'est plus sur la planche. Elle est couchée en plein milieu de la rue, face contre terre. Elle ne bouge pas. Je cours, mes pieds touchent à peine le sol. Je ne sais pas si c'est moi qui crie ou les autres. C'est irréel, ça ne peut pas arriver, je rêve. J'entends Cédric crier quelque chose à Marie, mais celle-ci est agenouillée aux côtés de sa sœur. Un homme descend de la voiture, la tête entre ses mains. Il ne bouge pas. Je le double en un rien de temps et j'arrive sur place.

Le sang. Il y a du sang partout. Je ne vois pas son visage. Est-ce qu'elle respire ? Cédric essaie de retirer Marie-Noëlle.

— Marie, appelle l'ambulance !

Mais l'homme est déjà au téléphone. Cédric sacre à nouveau et s'effondre par terre pendant que Marie hurle.

— Aidez-nous ! Aidez-nous ! Oh, mon Dieu, j'ai tué ma sœur. J'ai tué ma sœur !

J'ai tué ma sœur.

Plus rien ne bouge. Je ne vois plus rien. Aucun bruit, le silence absolu. Suis-je évanoui ? Est-ce que c'est ça, perdre connaissance ? Est-ce que je rêve ? Tout ce que je vois est le corps tordu d'Alice qui n'a toujours pas bougé. Je suis par terre… comment suis-je arrivé là ?

Oh, mon Dieu, j'ai tué ma sœur.

J'entends des sirènes. Je ne réagis pas. Je reste par terre, assis, à essayer de comprendre ce qui se passe. Je devrais faire quelque chose, la sauver, lui prendre la main, lui dire que je suis là, mais je ne sens plus mon corps. Je ne sens plus rien. Un vide.

Je ne suis plus rien.

Les ambulanciers ont repoussé Marie-Noëlle qui cherche à se dégager de l'étreinte de Cédric, propulsée vers Alice. Elle hurle. Peut-être que si je hurle aussi, ça va arrêter. Mais je n'en suis pas capable. Ils mettent des choses sur Alice, je ne sais pas ce qu'ils font. Des heures, ça prend des heures, je suis là depuis des heures. Je veux dormir.

Une autre ambulance. D'autres sirènes. Des policiers. Trop de monde. Trop de choses autour de moi. Je les vois déposer Alice sur une civière et la transporter en courant jusqu'à l'ambulance, suivis de Marie-Noëlle. Les portes se referment violemment et l'engin démarre à toute vitesse. Je reste planté là avec Cédric.

Deux policiers viennent vers nous. Ils parlent mais je n'entends pas, je ne comprends pas. Je regarde le sang sur l'asphalte. Il y en a beaucoup.

Regarde bien ça, Victor !

CHAPITRE TREIZE

Noyade

Je me noie.

L'impression bizarre que toute la vie sort de mon corps, que la nuit m'enveloppe, m'assaille, me prend à la gorge. Plus rien n'existe. Un vide. Un gouffre immense dans lequel je tombe sans combattre. J'ai mal.

J'ai mal et je me noie.

Je suis trop visible, trop lourd. Mon poids me déstabilise, j'ai du mal à tenir debout. La foule semble flotter autour de moi, je ne distingue personne, je ne veux pas les voir. Je suis seul. Je me sens seul. Tout cela est irréel, je ne peux pas le vivre, c'est trop…

C'est trop.

J'avance contre le courant, bercé par les murmures, par les regards qui se posent sur moi, qui m'atteignent. J'aperçois Alice et je chavire à nouveau. Des gallons d'eau salée inondent mon visage, j'étouffe. Je continue à me débattre.

Tassez-vous. Allez-vous-en. Je ne veux voir personne, je ne veux pas être là. Je veux atteindre Alice, mon amie. Vous ne comprenez pas. C'est insupportable.

Je perds conscience. Je me ressaisis. C'est dur. Le temps s'arrête, tourne à l'envers. Tout est déréglé autour de moi. Je crois que mon cœur ne tiendra pas le coup. Il frappe de l'intérieur comme s'il voulait sortir par ma bouche. Je tremble, j'ai froid. Ça ne peut pas arriver.

Alice.

Elle a l'air de dormir. Et pourtant, je la touche et elle est froide. Elle est inhumaine. Elle n'est plus rien. Elle n'est plus là. Je veux qu'elle ouvre ses yeux, qu'elle me regarde, qu'elle rie, qu'elle me prenne par la main et m'emmène loin.

Elle reste immobile. Figée. Froide. Morte.

Comment la vie peut-elle quitter un corps aussi petit ? Pourquoi ?

Je sombre. Je tombe à genoux. C'est trop dur de la voir dans son cercueil, de savoir qu'on refermera le couvercle bientôt et que je ne reverrai plus jamais son visage. Je veux arrêter de la voir, de regarder sa mort, mais mes yeux n'arrivent pas se détourner. La réalité est trop présente, ça m'assomme et je ne peux pas bouger. Il n'y a plus aucune lumière qui l'entoure. Je ne parviens pas à croire que tout ce qui reste de mon amie est ce cadavre, inerte, devant moi. Froid.

Froid et sans vie.

Je pleure. Je n'ai jamais pleuré comme ça. Ce n'est pas que du chagrin, de la peine. C'est immense et ça fait mal. Mes larmes sont des océans, un courant fort dans lequel je me noie. C'est mon amour pour elle qui crée cet ouragan. Je n'y peux rien. Je reste devant son petit cercueil, la main sur mon visage, la douleur pesante sur mes épaules, mon cœur dans la gorge. La seule personne qui pourrait me sauver, me sortir de là, est devant moi. Elle ne se lèvera pas. Ma bouée de sauvetage a coulé avant moi, devant moi. Elle n'est plus d'aucune aide.

Je me noie.

C'est impossible. Je ne veux pas vivre cela, je ne veux pas que ce soit vrai. J'essaie de bouger, de me détourner, mais le courant m'emporte vers le fond et tout ce que je vois, c'est son visage à travers mes larmes. Je refuse. Je refuse que ce soit vrai.

Réveille-toi, Alice. Reviens. Ne vois-tu pas que tu me fais souffrir?

Je ne croirai plus jamais en Dieu.

Tout bascule. Tout casse à l'intérieur de moi.

Je sens une main dans mon dos, une voix, une odeur. C'est ma mère. Sa chaleur me fait du bien mais brise ma solitude. Je reviens à la réalité. La douleur est plus forte, plus intense. Je hurle. Je crie ma peine, ça résonne partout, c'est incontrôlable. Je crie la vie qui n'est plus.

Je laisse sortir le torrent. Ça soulage. Au fond de moi, je crois que maman comprend. Elle m'éloigne. Je me laisse guider, je n'ai plus la force de remonter à la surface par moi-même.

Nous sortons à l'extérieur.

Je voudrais qu'il pleuve, qu'il tonne, que le ciel tombe sur nous pour mieux vivre ces heures pénibles. Mais le soleil éclaire tout. Le vent fait danser les arbres, la verdure. Tout contraste avec ce que je ressens. Assis à côté de ma mère sur le banc, je me perds dans le ciel, apaisé par le bleu, par la lumière calme, je respire mieux. Je sors de mon cauchemar, tout est tellement différent dehors. Pourtant, à quelques pas d'ici, entre les murs de la maison derrière, Alice gît, inerte. Morte.

J'ai envie de fermer les yeux, de dormir, de me perdre dans le parfum de ma mère, la tête sur ses seins chauds, de me laisser bercer par sa respiration. Je m'imprègne du silence de la nature, du bruit du vent qui fait marmonner les feuilles.

J'ai hâte de changer de jour, hâte à demain. La journée paraît beaucoup trop longue, elle ne finit jamais. Je suis épuisé. Épuisé d'avoir mal, de me sentir comme ça. Il n'y aura jamais aucun mot pour décrire la détresse dans laquelle l'annonce de sa mort m'a plongé.

Je suis noyé.

Flottant dans les airs, balancé par la chaleur du soleil, par la brise, je ne sens plus mon corps. Je ne suis plus rien, que de la tristesse. Je revois son sourire, ses yeux pétillants. Sa voix arrive à mes oreilles en écho… son rire. Sa tête sur mon épaule, l'odeur de ses cheveux, j'ai l'impression de les ressentir. Un flot d'images, un tourbillon de souvenirs, de sentiments, comme un bonheur qui s'évapore devant moi.

Regarde bien ça, Victor !

Où es-tu maintenant, Alice ? Es-tu seulement consciente de ce qui arrive ? Qu'as-tu bien pu penser durant ta chute ? As-tu vu ta vie défiler devant toi ? As-tu seulement pensé, ne serait-ce qu'une infime seconde, à moi avant de trouver ta mort ? Est-ce que tu vois quand même après avoir fermé les yeux ? Ressens-tu notre douleur ? Es-tu là, Alice ?

Je pleure sa mort, en silence, en paix dans l'étreinte de ma mère. L'énergie, la force de souffrir, n'est plus la même. Je suis vidé. Mais les larmes coulent sur mes joues. Je suis impuissant devant ce qui m'arrive. C'est une belle journée. C'est bizarre.

Qui va venir me sauver maintenant ? Qui va me relever lorsque je serai par terre ? Qui me retiendra lors de mes chutes ?

Il me manque quelque chose.

Elle me manque.

Déjà.

Chapitre Quatorze

À la surface

Elle est belle, ta pierre tombale, Alice. Elle est immense.

Tes parents ont fait mettre ta photo dessus, j'ai l'impression que tu me regardes. Si tu es là, et que tu as ce sourire-là, c'est que tu es quand même heureuse. Sereine.

Je n'arrive pas à croire que tu te trouves en dessous de moi, enfoncée dans la terre, prisonnière des insectes qui dévorent ton corps. C'est dégueulasse. Le psychologue m'a dit de ne pas imaginer ces choses-là. Ce n'est pas évident quand on est sur place.

Je t'ai apporté des fleurs, je les ai choisies moi-même... elles ne te sont d'aucun secours où tu es, mais elles sont jolies. J'ai pensé que ça te ferait plaisir. Je vais les mettre au pied de ta pierre tombale, avec les autres. Il y en a tellement. C'est la preuve que beaucoup de gens t'aimaient, j'imagine. J'ai dépensé l'argent qu'on avait économisé toi et moi. Je ne voulais pas le garder et je ne pouvais plus partir de toute façon, ça n'aurait pas été juste que je le garde pour moi. J'ai fait planter un arbre et un rosier sur ta tombe. Ils ont l'air bien maigres, mais dans quelques années, leurs racines se rendront jusqu'à toi et ça nous unira, tu verras. Évidemment, personne ne sait que c'est moi, ça aurait éveillé les soupçons. Mais un petit mensonge pour embellir ta nouvelle maison, ça ne doit pas être mal.

La vie est bizarre à la surface, Alice, depuis que tu es partie. La vie est dure, plus compliquée. Je n'arrête pas de revoir ton visage rayonnant avant d'entamer ta descente. Je n'arrête pas de penser que c'est de ma faute. Je n'aurais pas dû insister ce jour-là. Je me sens coupable. Je n'aurais pas dû te laisser faire, non plus. Je savais que c'était dangereux. On a été cons, Alice. Et regarde où on en est maintenant.

Ça va faire deux mois bientôt que tu es partie. Les médecins ont dit à ta mère que tu n'avais pas eu le temps de souffrir, que ça s'était fait sur le coup... que tu étais déjà morte dans l'ambulance. Je ne sais pas si tu as été consciente de la voiture. J'espère que non. J'espère que la dernière chose que tu as vécue est l'extase que tu hurlais pendant ta descente. Tu avais l'air de tellement t'amuser. Ça me soulagerait que tu n'aies pas vu l'auto.

J'ai revu ta sœur l'autre jour. Elle s'en remet un peu, même si elle a pleuré en me voyant. Elle se sent coupable, elle aussi, autant que moi. Plus, sûrement. Elle a tellement crié,

Alice, si tu savais… C'est son cri que j'entends la nuit quand j'essaie de dormir. *J'ai tué ma sœur.* Si tu étais déjà morte, j'espère que tu n'as pas entendu cela. Elle s'est excusée. Je lui ai dit que ce n'était pas de sa faute, que c'était un accident. J'ai essayé de ne pas pleurer devant elle. Je ne sais pas comment elle aurait réagi. Moi, je n'ai perdu que ma grand-mère. Je ne sais pas ce que ça peut faire quand on perd une sœur. La seule sœur que j'aie jamais eue, c'est toi… Ils déménagent, tu sais ? Ils s'en vont dans le nord, comme tu l'avais appréhendé. Je crois que, d'une manière ou d'une autre, je serais entré au secondaire sans toi. Je ne sais pas. Peut-être que ça aurait été différent si tu n'avais pas pris le temps de me parler avant de partir… une fraction de seconde.

Une fraction.

C'est tout ce que ça aurait pris pour que tu évites la voiture qui t'a conduite à ta mort. C'est fou, quand j'y pense, comment la vie ne tient à rien. Un mince fil. Une seconde. À rien. Le psychologue que ma mère fait venir chez nous m'a dit que c'était le destin, que rien n'arrive pour rien. On croirait entendre ma grand-mère. Je trouve cela ridicule. À quoi ta mort peut bien me servir ? Si c'était le destin, je déteste la vie. Je déteste le dieu qui m'a fait ça.

Je ne suis pas venu te voir pour me plaindre, Alice. Je voulais juste te voir, te dire tout ce que je n'ai pas eu le temps de te dire. Je voulais te dire adieu, en fait. Proprement. Pas dans un salon, dans ton cercueil. Ça, c'était trop dur. Je voulais fermer la parenthèse, réaliser pour de vrai que tu es partie. Je n'ai plus de larmes à verser pour toi, mais sache que ta mort a laissé une plaie ouverte sur mon cœur à tout jamais. Je ne t'oublierai pas. Je n'oublierai pas tout ce que tu as fait pour moi, comment tu m'as sauvé.

Je ne t'ai jamais remerciée, Alice. Je ne t'ai jamais dit que je n'aurais pas pu m'en sortir sans toi. C'est ridicule de te dire tout ça maintenant, sans doute, mais ça me fait du bien. Je ne sais pas quel genre d'amour j'avais pour toi, mais je t'aimais.

J'ai reçu mes papiers pour la rentrée scolaire cette semaine. J'ai hâte. Ça va me changer les idées, l'école, je vais peut-être arrêter de penser à tout ça. J'espère que je rencontrerai quelqu'un d'aussi bon que toi. Je n'ai pas peur. Je vais affronter la vague, comme tu m'as toujours dit de le faire. Je ne me laisserai pas marcher dessus. C'est ce que toi, tu aurais fait. Je t'emmène avec moi, Alice. Je vais te traîner dans ma tête. Ce n'est pas ce que j'avais imaginé, mais c'est mieux que rien.

J'ai vu Dandurand hier dans le parc et il m'a salué, comme si on était amis. Il se sent peut-être mal pour tout ce qu'il m'a fait subir.

Il se sent peut-être mal que tu sois morte aussi. Il a peut-être compris quelque chose, je ne sais pas. Samuel m'a dit qu'il était là au salon mortuaire. Je ne l'ai pas vu. Je n'ai pas vu grand-chose au salon, en fait. Mais il paraît qu'il t'a pleuré, lui aussi. Tout le monde te pleure, Alice, on est tous dans le même bateau, maintenant.

Je suis souvent avec Samuel, ces temps-ci. Il n'ose pas trop me parler de toi, même si je sais qu'il en meurt d'envie. Je crois qu'il était secrètement amoureux de toi, qu'il ne s'est jamais remis du slow que tu as dansé avec lui. Ça me fait du bien d'être avec quelqu'un qui t'a connue, même s'il n'était pas vraiment proche de toi. Je crois qu'il comprend ce qui nous liait et il fait de son mieux pour m'aider à oublier. Ça ne marche pas vraiment, mais il fallait que je sorte de chez moi, ma mère devenait insupportable à essayer de me consoler.

Ça va mieux avec ma mère. Surtout depuis que mon père s'est trouvé un nouveau travail. Ça fait du bien de l'avoir tous les jours à la maison. J'ai parlé beaucoup avec ma mère après l'enterrement, je lui ai parlé de nous. Elle m'a écouté jusqu'au bout, elle m'a posé des questions. Ne t'en fais pas, je ne lui ai pas tout dit. Mais je crois qu'elle saisit un peu plus qu'avant qui je suis. Elle ne sait pas que je suis ici, même si c'était son idée au départ. Je lui en parlerai peut-être ce soir, elle sera contente que je l'aie fait. Elle m'a dit plein de choses sur sa vie, sur les gens qui l'avaient quittée, elle aussi, comment elle s'en était sortie. Ça m'a fait bizarre de penser que plein de gens sont morts autour d'elle, que plein de gens vont mourir autour de moi aussi, que ce n'est que le début. Mais le psy m'a dit de prendre ça un jour à la fois, de profiter à fond des personnes que j'aime pendant qu'elles sont là. Je trouve ça un peu macabre, mais il n'a pas tort. Je crois que j'ai profité à fond de ton amitié, autant que j'ai pu. On a beaucoup vécu ensemble, c'est toi-même qui me l'as dit le jour où tu m'as quitté. J'amène ça aussi avec moi au secondaire. Nos souvenirs. Ceux qui sont réels et ceux des moments qu'on a vécus en rêve, comme notre spectaculaire fugue pour prendre des vacances de parents. Je réalise aujourd'hui qu'on ne l'aurait jamais fait, mais ça faisait du bien d'y penser, d'espérer. Ça aurait été le fun, tu trouves pas ? Il est trop tard maintenant.

L'école commence dans deux semaines déjà. Je ne suis plus un enfant. Ça me fait tout drôle de penser que tu ne grandiras pas avec moi. Nous étions tellement persuadés qu'on passerait notre vie ensemble, qu'on se rendrait jusqu'à l'université, côte à côte. Te souviens-tu de toutes nos longues discussions, de toutes les vies qu'on s'inventait, qu'on projetait d'avoir ?

Ça me fait du bien de sourire en pensant à toi, j'en avais besoin.

Ça n'a pris qu'une fraction de seconde pour te perdre. Ça me prendra une éternité pour m'en remettre. Mais je vais bien, je peux nager tout seul maintenant, j'ai confiance.

Je dois y aller, le soleil commence à baisser à l'horizon. C'est très beau, c'est rempli de couleurs. C'est peut-être le paradis qui vient te chercher. Je ne sais pas ce qui se passe quand on meurt, ce qu'il y a après, mais j'espère que tu es heureuse, que tu es en paix. Ma grand-mère te connaissait, elle sait qui tu es. J'espère qu'elle a réussi à te trouver, qu'elle prend soin de toi. Elle va faire ça pour moi. Ça me réconforte un peu de penser que tu n'es pas seule.

Je retourne à ma vie, à la surface. Sans toi.

Merci pour tout, Alice.

Je reviendrai.

Chapitre Quinze

Sur le rivage

Je suis nerveux.

J'ai douze ans et je suis mort de trouille.

C'est comme ça que je me sens.

Ce matin, lorsque je me suis assis à table, maman m'avait préparé un café, comme je l'aime, avec beaucoup de sucre. Elle m'a rassuré en appliquant son mascara, un petit miroir posé devant elle. Elle n'a pas pu s'empêcher de me mettre en garde, de s'assurer que je n'oubliais rien.

C'est comme ça maintenant.

Il fait chaud, je suis en sueur. Maman m'avait dit de ne pas porter mes nouveaux vêtements aujourd'hui, qu'ils annonçaient une chaleur insupportable, mais je voulais être beau pour ma première journée d'école. Mon sac à dos est trop lourd. Il faut transporter beaucoup de savoir au secondaire.

L'autobus devrait arriver d'une minute à l'autre. Il y a deux adolescents qui l'attendent avec moi. Je ne les connais pas, je ne les ai jamais vus. Ils sont beaucoup plus vieux que moi et ça me rend encore plus fébrile à l'idée de grimper dans l'autobus maudit. Dans mon autre vie, Alice est déjà assise à l'intérieur et me garde une place. Dans celle-ci, c'est l'inattendu qui m'attend. Une page blanche.

Ce matin, je donnerais n'importe quoi pour retourner en arrière, pour revivre ma sixième année, pour la refaire autrement avec ce que je sais maintenant. Mais je dois apprendre à laisser aller les choses. Maman insiste pour que je continue à voir un psychologue, elle dit que ça peut m'aider. Je n'en suis plus si certain, mais je le ferai pour lui faire plaisir. Pour qu'elle n'ait plus jamais à pleurer à cause de moi.

Je réalise que je ne suis plus le petit Victor qui s'en allait à reculons en sixième année, que les choses changent, que la vie continue, avance à une vitesse incroyable, sans que je puisse rien y faire. Pourtant, je n'ai pas l'impression d'avoir grandi. À l'intérieur, je suis encore la même personne qu'à ma première journée d'école. C'est bizarre.

Je suis nerveux.

Je laisse passer les deux autres devant moi et je monte les trois marches qui me transportent dans l'autobus scolaire. Il y a déjà plein d'élèves à l'intérieur et je sens les regards se poser sur moi. Je garde la tête haute, prends mon air détaché et regarde autour en espérant reconnaître quelqu'un, un visage.

Au milieu de l'autobus, j'aperçois Chloé qui me fait un signe. Je soupire de soulagement et prends place à côté d'elle. J'ai retrouvé mon autre solitude, ça me fait sourire. Elle a l'air soulagée aussi de me voir.

— Hey, Victor !

Je me retourne pour voir qui d'autre je connais. Au fond de l'autobus, Cédric me fait un signe de la main. Je lui renvoie son salut avant de me rasseoir sur mon siège, un peu gêné, un peu fier. Chloé me donne un coup de coude quand le véhicule s'immobilise. Benoît Dandurand fait son entrée dans l'autobus, dans mon autobus. Il ne manquait plus que ça.

Il me voit et se dirige vers moi. Je fais semblant de ne pas le voir et regarde par la fenêtre, par-dessus Chloé.

— Salut, Victor.

Il est assis sur le siège à côté du mien et me regarde.

— Salut, Chloé.

Il a l'air petit, apeuré, intimidé. Seul. Ce n'est plus le Dandurand que j'ai connu l'an passé, celui que je fuyais comme la peste. Celui-là a l'air plus jeune, plus innocent que nous, plus inoffensif. Il ressemble au Benoît qui traînait derrière sa mère il y a un an. Même Chloé n'arrive pas à y croire.

— C'est bizarre d'aller dans une nouvelle école, hein ? Je suis nerveux.

Il est nerveux.

Je me sens soudainement à ma place. Je lui réponds que ça va bien aller, que ça ne peut pas être pire que le primaire. Je me sens supérieur, au-dessus de mes moyens, de lui. La nervosité a fait place à l'assurance. Je parle à Benoît, à Chloé, ils m'écoutent, rient de mes blagues, de mes commentaires. Alice aurait fait la même chose, elle aurait agi comme ça, elle aussi, elle aurait pardonné à Benoît. Elle l'aurait pris en charge. Je sais que ce qu'il vit ne doit pas être facile, que ce doit même être insupportable. Je ne connais pas une telle violence chez moi. Je n'ai jamais dit à personne ce que j'avais vu, il doit m'en être reconnaissant. Si je peux être là pour lui, tant mieux.

Je crois que nous avons tous besoin d'une bouée de sauvetage, à un moment ou un autre dans notre vie. Que ce soit une amie, un parent, un café, une cigarette ou un baiser, nous avons tous besoin d'un support, d'une béquille, de quelque chose pour nous garder en vie, pour avancer. Nous avons tous besoin d'un ennemi. Pour nous empêcher de sombrer. Pour rester à la surface. Pour l'instant, je permets à Benoît de s'accrocher à moi, à Chloé. Peut-être qu'un jour ce sera mon tour d'en avoir besoin. Pour l'instant, je suis le courant, je n'en ai plus besoin. Je peux nager par moi-même.

Je ne peux rien y faire de toute façon.

Je suis impatient d'arriver, de voir mon école, d'entamer ma nouvelle vie. Je vais y plonger tête première, en profitant de chaque journée, de chaque seconde. Je n'oublie pas Alice. Je n'oublie pas ma famille, ma grand-mère, Marc, Lucie. Même Daphné. Je ne serais pas là sans eux, je ne serais pas le même. Le psychologue a dit que rien n'arrive pour rien.

Je sors de l'autobus, aveuglé par le soleil. Plein d'autres sont stationnés en ligne, une marée d'élèves en sort, tout se bouscule. Je me trouve un coin avec Dandurand et Chloé. Quel trio étrange nous faisons… Cédric s'approche de moi, me serre la main sous les yeux ébahis de Benoît, prend de mes nouvelles, me parle de Marie-Noëlle qui commence son secondaire cinq dans une autre école. Ça me rassure qu'il soit là, qu'il me parle. Je suis moins perdu. Il me dit qu'il va nous montrer où se rendre.

Tout le monde se connaît, tout le monde se parle, se raconte son été. Ici et là, des petits groupes se forment, des rires éclatent. Je ne suis pas si différent. Quelques élèves se retrouvent seuls, errant sur le terrain. Je devrais aller leur parler. Mais pas aujourd'hui, pas maintenant. La première cloche sonne, ça veut dire qu'il faut entrer, on a cinq minutes avant que la deuxième retentisse.

Aujourd'hui, je suis libre d'être qui je veux, mais je ne voudrais être personne d'autre. Pour l'instant, je reste moi-même, on verra bien où ça va me mener. Pour l'instant, je regarde la bâtisse énorme de ce qui est maintenant ma nouvelle école, pour les cinq prochaines années. Sûrement. Je ne sais pas ce qui peut arriver d'ici là.

Je marche avec Cédric, Benoît et Chloé sur les talons, et j'entre dans le ventre de la baleine.

Je ne peux rien y faire, de toute façon.

OUVRAGE RÉALISÉ PAR
LUC JACQUES, TYPOGRAPHE
ACHEVÉ D'IMPRIMER
EN FÉVRIER 2010
SUR LES PRESSES
DE MARQUIS IMPRIMEUR
POUR LE COMPTE DE
LEMÉAC ÉDITEUR, MONTRÉAL

DÉPÔT LÉGAL
1re ÉDITION : 1er TRIMESTRE 2010
(ÉD. 01 / IMP. 01)